AF131885

Le Souhait de Gwen

Tome 2

Une lueur sous la glace

Noëline

Chapitre 1

— Encore un carton et tout sera bon, dit Mathieu en déposant son chargement dans la pièce.

Je le regarde s'éloigner en souriant tout en continuant de vider le carton de vaisselle posé devant moi sur le plan de travail. Après plusieurs mois de construction, notre maison est enfin achevée ! Depuis sa déclaration d'amour, dans la grande roue du marché de Noël de Barcarès, nous filons le parfait amour. Moi qui avais peur de m'engager dans une nouvelle relation, je me suis surprise à foncer tête baissée.

En même temps, avec un amoureux comme Mathieu, je ne peux pas rêver mieux. Les premiers mois ont cependant été un peu difficiles, car nous avons emménagé dans l'appartement qu'il partageait avec Gwen. Je ne suis déjà pas à l'aise à l'idée d'être amoureuse de l'ex de mon amie défunte, alors habiter l'appartement où ils ont vécu a été d'autant plus délicat. Mais le mal est réparé, aujourd'hui la vie commence vraiment pour nous et dans notre maison. Certes, à la base elle a été pensée par Gwen, mais nous y avons fait des modifications et elle nous ressemble parfaitement.

Mon carton vide, je le plie pour qu'il prenne moins de place et me penche pour saisir le prochain. Alors que je suis penchée, prête à le soulever, Mathieu fait irruption dans la pièce en hurlant :

— Mais ça ne va pas la tête ? Je t'ai déjà dit de ne pas soulever de poids !

— Oh ça va ! Je ne suis pas en sucre. Et puis il n'a pas l'air si lourd !

— Tu te fiches de moi ? Je t'ai vue faire les cartons et je sais qu'ils sont lourds, je te rappelle que je viens de me casser le dos en les descendant du camion !

Joignant le geste à la parole, il se penche pour attraper le carton et le soulève en émettant un petit son étouffé. Il dépose le paquet sur le plan de travail, juste devant moi.

– Tu vois, il n'était pas si lourd que ça ! dis-je en souriant.

— Pour un homme grand et fort comme moi non, mais pour une petite femme fragile et qui porte mon enfant, oui !

Tout en disant ça, il passe derrière moi et me prend dans ses bras avec amour, en faisant glisser sa main doucement sur le petit renflement de mon ventre qui commence doucement à laisser entrevoir qu'un habitant fait son nid sous mon nombril. Ce contact me procure un bien fou. Quelle fierté de porter son enfant ! Je me retourne et fais face à l'homme qui fait battre mon cœur et l'embrasse tendrement.

— Je t'aime Mathieu, tu le sais ?

Pour toute réponse, il m'embrasse à son tour. Je le laisse faire quelques instants avant de reprendre :

— Je suis la femme la plus heureuse du monde et encore plus maintenant que nous allons vivre enfin chez nous !

Il me serre à nouveau contre lui et m'embrasse, ce coup-ci avec un peu plus de fougue. Ses mains glissent sur mes fesses et viennent s'en emparer. Il les malaxe quelques secondes avant de les plaquer fermement et de me hisser sur le plan de travail. Mon cœur s'emballe et j'enroule instinctivement mes jambes autour de ses hanches. Déjà, ses mains se glissent sous mon pull au contact de ma peau. Je frissonne de plaisir. Ma langue s'enroule autour de la sienne en une lente valse des plus sensuelles…

— Ah ben tranquille ! Pendant que je porte vos affaires, vous avez qu'à vous envoyer en l'air en plein milieu de la cuisine, ne vous gênez pas ! clame Jules d'un ton offusqué, en rentrant dans la maison les bras chargés d'un carton contenant du linge de maison.

Nous mettons immédiatement fin à notre étreinte, je sens le rouge me monter aux joues alors que Mathieu, absolument pas gêné, lui répond :

— Fais pas le choqué, je t'ai déjà surpris dans des postures plus gênantes ! Et ce carton-là, il va dans la buanderie s'il te plaît.

— Bin voyons ! Et en plus, je dois faire exactement ce qu'on me dit ! C'est pire que l'esclavage ! bougonne-t-il en se dirigeant vers la pièce indiquée.

On se regarde en explosant de rire. Il m'embrasse légèrement sur le nez, avant de me faire descendre de mon perchoir.

— Fais doucement surtout et appelle-moi si tu as besoin de soulever quoi que ce soit, OK ?

— Oui docteur !

— Te fiche pas de moi ! La gynécologue t'a bien dit de ne rien porter de lourd, déjà qu'avec ton travail tu ne te ménages pas…

— Ne t'inquiète pas comme ça, tout va bien.

Pour lui montrer qu'il n'a pas à s'inquiéter, j'ouvre le carton qu'il vient de porter et en tire la cocotte-minute. Il me regarde, contrarié, en me disant :

— Et tu as failli soulever ce carton ! Tout en me disant ça, il se penche pour regarder le contenu et se décompose en découvrant la batterie de casseroles et de poêle.

Évidemment, je ne pouvais pas ouvrir le carton des torchons ! Pour tenter de faire passer la pilule, je lui fais un grand sourire et me tourne pour ne pas croiser son regard noir. Je l'entends soupirer dans mon dos avant de quitter la pièce.

Alors que je replonge dans le carton pour me saisir d'une poêle, je vois Jules passer devant moi, la main sur les yeux, en me disant :

— Je ne veux rien voir !

— Oh, ça va ! N'exagère pas non plus !

À peine ai-je fini ma phrase qu'il percute de plein fouet la poutre en bois tenant la structure de la mezzanine.

— Aïeuuuh !

— Bien fait ! Ça t'apprendra à faire le couillon.

Pour toute réponse, il me tire la langue et part rejoindre son copain pour se plaindre de moi. Je lève une nouvelle fois les yeux au ciel et reprends mon rangement.

Jules est chiant, mais c'est une bouffée d'oxygène. Toujours là pour nous, il est un ami très cher au cœur de Mathieu, mais aussi au mien.

Une fois tout le monde parti, on se retrouve enfin seuls. Je marche dans la maison, laissant glisser mes doigts le long des meubles ou bien des murs, en savourant l'idée qu'enfin nous sommes dans notre maison, pendant que Mathieu finit de préparer le repas. Il a très vite compris que, même en y mettant beaucoup de bonne volonté, je reste une cuisinière basique et que, s'il veut survivre, il vaut mieux qu'il prenne la cuisine en main. Perdue dans mes pensées, je ne l'entends pas arriver.

– Alors, heureuse ? susurre-t-il à mon oreille de sa voix rauque et chaude, me faisant frissonner.

— Pas tout à fait.

— Ah bon ? dit-il surpris.

— Oui, il manque une chose essentielle.

Je me dirige vers l'entrée et me saisis de l'horrible paire de sabots en bois de Gwen. Il me regarde en grimaçant et me dit :

— Tu es sûre de vouloir les mettre ?

— Oui ! Tu sais combien elle les aimait.

— OK, mais je sais que tu as eu du mal à vivre dans l'appartement où j'ai vécu avec elle, alors je me disais…

— Vivre avec toi dans l'appartement où vous vous êtes aimés est une chose. Avoir un objet lui appartenant et lui tenant à cœur en est une autre, dis-je en brandissant la paire de sabots sous son nez.

— Bon, alors si tu y tiens…

Il part récupérer un marteau et une pointe dans le salon et viens installer au mur la décoration de Gwen. Une fois que c'est fait, je me rapproche de lui et il me prend dans ses bras. Nous contemplons le mur quelques instants dans un silence quasi religieux, puis Mathieu se penche et dépose un baiser sur mes cheveux.

— Alors, heureuse ?

— Maintenant oui ! Très heureuse ! On est enfin chez nous !

Chapitre 2

Couchée sur le canapé, bien au chaud sous mon plaid en laine, je somnole tranquillement. Soudain, un bruit me fait sursauter, puis à nouveau le silence. J'ai probablement dû rêver, je me recouche et ferme une nouvelle fois les yeux, espérant retrouver le sommeil, mais un nouveau bruit vient à nouveau me déranger.

Je me lève et me dirige vers la porte d'entrée en râlant.

— C'est tout de même un monde ça ! En plein milieu de la montagne, il va bientôt y avoir plus de bruit qu'en centre-ville !

J'ouvre la porte pour me rendre compte d'où provient le bruit et me retrouve nez à nez avec un sapin gigantesque !

— Oh mon dieu ! Mais c'est quoi ça ?

La tête de Mathieu apparaît sur le côté et il me répond en souriant :

— Ça, tu vois ma chérie, c'est un sapin !

— Ah ! Ah ! Très malin, je n'avais pas reconnu !

— Et bien tu poses une question, je te réponds ! Tu m'ouvres la porte que je puisse entrer ?

Je me décale pour le laisser passer. Il pousse le conifère à l'intérieur et va l'installer près de la fenêtre panoramique qui donne sur notre montagne. Une fois bien en place, il se retourne, les mains sur les hanches, et me regarde fièrement !

— Il te plaît ?

— Tu rigoles ? Il est superbe !

— Je sais, on avait dit qu'on l'achèterait ensemble, mais dès que je l'ai vu j'ai craqué !

Il se décale pour me laisser contempler l'arbre et vient se positionner derrière moi, comme à son habitude. Il laisse glisser sa main sur mon ventre et dessine sur mon cou un petit collier de bisous.

— Il est magnifique Mathieu. En plus, il sent super bon ! Il ne nous reste plus qu'à aller acheter des décorations.

— Hum !

Je me retourne et fais face à lui qui, à présent, piétine sur place tel un enfant pris la main dans le sac. Il me sourit de ce sourire ravageur qui me fait carrément fondre.

— Il se pourrait que dans le coffre de ma voiture il y ait deux ou trois décorations…

— Mathieu, tu es incorrigible ! Mais c'est aussi pour ça que je t'aime.

Je dépose sur ses lèvres un doux baiser qu'il me rend avec tendresse. Il interrompt cependant notre étreinte rapidement et me tire par la main pour me conduire à la voiture.

— Une ou deux, t'es sérieux ?

Son coffre déborde littéralement de décorations de Noël ! Des boules, des guirlandes lumineuses extérieures et intérieures, il y a presque un magasin de décoration entier dans la voiture. Pour se justifier et se donner bonne conscience, il me dit qu'il a choisi un peu de tout pour être sûr de me laisser du choix. Je souris en commençant à décharger la voiture.

— Qu'est-ce que tu fais là ?

— Bin je sors ta succursale de Gifi…

— Tu rentres tout de suite au chaud, je me charge de vider la voiture.

Il me pousse gentiment dans la maison et commence à s'affairer autour de la voiture. Amusée, je le regarde faire tout en déplaçant dans la maison ce qui pourrait gêner le passage.

Une fois le coffre vidé, nous déballons les affaires. Mathieu commence à installer les guirlandes lumineuses sous mon œil expert. Je l'oriente et soudain je me mets à rire. Il se retourne, surpris de me voir morte de rire. Il soulève un sourcil interrogateur ce qui a le don de redoubler mon fou rire.

— Tu m'expliques ? J'ai un truc qui est coincé ?

— Non ! C'est juste que de te voir faire, ça me rappelle des souvenirs.

— Des souvenirs ? On n'a jamais fait de sapin tous les deux. C'est d'ailleurs pour ça que je tiens à ce que notre premier sapin soit parfait. Alors je ne vois pas quel souvenir ça peut te rappeler.

— C'est simple. Je nous revois l'an dernier, moi dans ma crevasse et toi allongé au-dessus de moi, me guidant un peu plus à droite ou à gauche pour que je trouve la corde afin que tu puisses me remonter.

Son visage change immédiatement à l'évocation de l'accident qui m'est arrivé dans la montagne l'an dernier, en descendant des neiges éternelles. Il me rejoint rapidement et me prend dans ses bras comme pour se rassurer de me savoir en bonne santé. Il m'embrasse tendrement et plante son regard dans le mien. Ses yeux verts me font carrément chavirer ; dans ce regard, je ressens tout l'amour qu'il me porte.

— Moi, ça ne me fait pas rire ! J'ai eu la trouille de ma vie ce jour-là !

— Et pourtant, la chute a été bénéfique ! C'est quand même grâce à elle que nous avons vécu cette nuit de rêve dans le chalet.

— Même sans cette chute nous aurions eu cette nuit de rêve mon cœur. J'étais déjà sous ton charme même si je n'osais pas me l'avouer… Mais il est vrai que cette chute a bien contribué à nous rapprocher.

Il m'embrasse une nouvelle fois, ce coup-ci son baiser est moins stressé que le précédent et déjà ses mains commencent à dévier sous mon tee-shirt. Je le laisse faire quelques instants et finis par le repousser gentiment. Il grogne de me voir m'éloigner.

— C'est pas comme ça que notre sapin va se faire ! Allez hop, au travail.

On passe la fin de l'après-midi à décorer la maison. Après le sapin, Mathieu sort dans le jardin pour installer les guirlandes électriques pendant que je suspends aux fenêtres des décorations comme celles que sa maman avait mises à son chalet l'an dernier.

Le soir venu, Mathieu fait une flambée dans la cheminée et nous buvons un chocolat, l'un contre l'autre, à la lueur des flammes. Couchée sur une couverture à même le sol, je repense à nos nuits dans le gîte de haute montagne l'an passé. Nous ne sommes pas restés longtemps et nous y étions dans des circonstances assez tristes, et pourtant j'en garde un souvenir des plus tendres.

La main de Mathieu passe lentement sur mon ventre qui commence doucement à s'arrondir. Je savoure cet instant de plénitude et de tendresse. Notre amour a grandi très rapidement et c'est tout naturellement que nous avons décidé d'avoir un enfant. On ne s'attendait pas à ce que cela arrive aussi vite après l'arrêt de la pilule, mais c'est avec plaisir que nous avons appris ma grossesse dès le premier mois d'essai.

Je me rappelle sa tête quand je lui ai annoncé que le test était positif. Le bonheur s'est lu instantanément dans son regard. J'ai eu l'impression d'être une héroïne à ses yeux. Telle Xéna la guerrière, je lui ai annoncé la nouvelle en dégainant mon test de grossesse indiquant trois semaines et plus.

Depuis, nous vivons littéralement un rêve éveillé.

Mathieu remue légèrement, du coup je me lève pour voir ce qui le gêne.

— Ça ne va pas ? dis-je surprise.

— Y'a un truc qui manque dans le sapin.

— Ah bon ? Quoi ? Il est déjà bien chargé je trouve.

Mathieu se dirige vers le sapin, en fait le tour tel un inspecteur des travaux finis et se penche pour récupérer une boîte cachée au pied de l'arbre. Il revient vers moi en feignant d'être surpris et me la tend. Je la saisis, un peu étonnée.

— C'est pas encore Noël pourtant !

— Il faut une raison particulière pour offrir un cadeau à la femme que j'aime ?

— Non, mais je ne m'y attendais pas.

Je déballe le cadeau et découvre une décoration de Noël représentant un joli petit ange en verre. Je le suspends au bout de mon doigt pour l'admirer. Le reflet des flammes le fait briller de mille feux.

— Il est sublime mon amour !

– Il représente le petit ange qui se cache ici ! dit-il en me caressant le ventre avant d'y déposer un bisou.

Puis il se saisit de l'ange et me conduit vers l'arbre, et c'est main dans la main que nous installons cette décoration si symbolique. On la regarde en silence l'un contre l'autre. Mon cœur est rempli d'amour pour cet homme si viril et qui pourtant cache tellement de tendresse en lui. Je me retourne et enroule mes bras autour de son cou dans une étreinte tendre et passionnée à la fois.

Doucement, il fait glisser mon haut et je me retrouve rapidement nue devant lui, les flammes illuminant la pièce et faisant ressortir les formes de mon corps. Mathieu le contemple comme on peut le faire d'une toile. Je me sens belle et femme sous le regard de mon amoureux. Mais rapidement, je me jette sur lui, je veux le sentir contre moi et même en moi.

À mon tour, je lui retire ses vêtements et j'en profite pour admirer son corps sculpté grâce à tout le sport qu'il fait. Je laisse glisser mes mains sur sa peau et, une fois que j'ai fait le tour, je m'arrête face à lui et me mets à genoux face à son membre viril déjà bien droit, prouvant ainsi l'effet que je lui fais. Je lève les yeux vers lui, il me regarde avec une tendresse infinie et je me saisis de son membre que je fais glisser à plusieurs reprises dans ma main avant de m'en saisir à pleine bouche. Je le sens pulser dans ma bouche et je souris de plaisir. Rapidement, il me rejoint sur la couette et m'offre un orgasme des plus saisissants. Et c'est dans les bras l'un de l'autre que nous nous endormons, épuisés à même le sol.

Chapitre 3

Dans la salle d'attente de la gynécologue, nous patientons avant notre rendez-vous. On a déjà vu bébé lors d'une première échographie, mais, là, il s'agit de celle qui nous permettra de savoir enfin si c'est un garçon ou une fille. Peu nous importe le sexe, c'est plutôt l'excitation de la découverte qui nous met dans tous nos états. Mathieu pose le magazine qu'il n'a même pas lu et en prend un autre qu'il ne lira pas non plus. Je le regarde faire amusée. Il surprend mon sourire et suspend son geste :

— Quoi ?

— Rien, tu me fais rire.

— Pourquoi ? Il n'y a rien de drôle à lire un magazine.

— Non, c'est ton stress qui me fait sourire. Relaxe-toi.

Il n'a pas le temps de me répondre, car la gynécologue ouvre la porte et nous invite à entrer dans son cabinet. Elle étudie mes prises de sang et me demande comment je me sens.

— Assez fatiguée le matin. Et puis les carottes l'écœurent, mais sinon ça a l'air d'aller.

— Vous avez des choses à rajouter Victoria ?

— Je crois qu'il a tout dit. Et comme vous pouvez le voir, il le vit nettement moins bien que moi !

Ma gynécologue sourit et m'invite à m'allonger sur la table d'examen. Mathieu me suit de très près et s'installe à côté de moi en me tenant la main.

Une fois le gel appliqué sur la sonde, le médecin introduit l'appareil et je ris en voyant la tête de mon chéri lorsqu'il découvre la taille de la sonde. Je sais exactement à quoi il pense et ne peux retenir un gloussement. Il sourit et passe sa main dans mes cheveux alors que, sur le moniteur, nous voyons apparaître notre bébé. Elle nous fait écouter le cœur et je souris en entendant ce rythme si rapide et régulier à la fois. Je tourne la tête vers Mathieu, car je trouve tout aussi attendrissant son regard rempli d'amour braqué sur l'écran.

L'échographie prend un peu de temps puisqu'il faut effectuer toutes les mesures pour cet examen et nous savourons de pouvoir profiter de voir notre bébé.

— Vous désirez connaître le sexe ? s'informe l'obstétricienne.

– Oui ! répond Mathieu, criant presque.

– Non ! dis-je sur le même ton.

La gynécologue nous regarde tour à tour, amusée.

— Il va falloir vous mettre d'accord !

Mathieu me lance un regard surpris et je vois qu'il est complètement perturbé.

— Mais je ne comprends pas ! Tu voulais connaître le sexe pourtant ! Tout à l'heure encore nous en parlions dans la voiture.

— Oui et je veux toujours le connaître, mais j'aimerais garder la surprise jusqu'à Noël. Docteur pourriez-vous écrire le sexe sur un bout de papier que vous fermeriez dans une enveloppe ?

— Euh ! Oui, je dois pouvoir faire ça.

Mathieu me regarde surpris, mais je vois dans son regard que ma requête lui plaît. Nous regagnons nos fauteuils alors que le médecin est en train de cacheter l'enveloppe. Elle la tend par-dessus le bureau et je suis plus rapide que Mathieu pour m'en saisir.

— Ah ah ! Qui c'est la plus rapide ?

— Rigole ! On verra dans quelques mois si tu seras aussi rapide ! ricane mon amoureux.

— Oh ! C'est moche ce que tu viens de dire là ! dis-je en feignant d'être touchée en plein cœur.

Pour se faire pardonner son insolence, il se penche vers moi et dépose un petit bisou sur ma joue.

Mon médecin sourit de nous voir nous taquiner et reprend rapidement un air sérieux.

— Bon, bébé va bien, mais...

Elle n'a pas le temps de terminer sa phrase que déjà Mathieu la coupe :

— Il y a un problème ? Je te l'avais dit de ne pas porter le sac de patates hier soir ! me sermonne-t-il.

— Non Monsieur, détendez-vous, le sac de patates n'y est pour rien. Au vu de votre prise de sang, je suspecte un diabète gestationnel. Il va falloir faire des tests et surveiller votre alimentation.

– Je ne comprends pas ? s'alarme Mathieu en nous regardant tour à tour. Ça veut dire quoi exactement ?

— Rien de bien méchant, dis-je en posant ma main sur la sienne pour le rassurer. Il va juste falloir que je fasse attention à manger comme il faut et peut-être surveiller mon taux de sucre dans le sang durant la journée.

Après quelques explications, nous sortons du rendez-vous. Mathieu est un peu perplexe, mais je fais tout pour le rassurer. On reprend la route de la maison malgré tout très heureux de savoir que bébé se porte bien.

Alors que Mathieu conduit, je lève discrètement l'enveloppe et tente de déchiffrer ce que la gynécologue a écrit sur le papier en profitant des rayons du soleil pour lire par transparence. Mais Mathieu me surprend et m'arrache l'enveloppe des mains.

— Et là, c'est qui le plus rapide ?

— T'es un vrai gamin quand tu t'y mets !

— Me dit la fille qui tente de découvrir le sexe avant tout le monde !

Les jours passent et j'ai du mal à retenir ma curiosité. Je regarde cette fichue enveloppe qui trône sur la cheminée. Quelle idée j'ai eue de vouloir jouer à ce petit jeu ! Je passe régulièrement devant l'âtre, mais rien à faire je n'arrive pas à voir au travers. Il me tarde ce soir de pouvoir enfin savoir. J'en suis toujours à me contorsionner les yeux lorsque la porte d'entrée claque violemment dans mon dos et me fait sursauter.

– Prise la main dans le sac ! clame Mathieu hilare.

– Tu veux me faire accoucher avant l'heure ? dis-je en plaquant mes mains sur mon ventre, comme pour retenir le petit être qui se niche à l'intérieur.

Immédiatement, il accourt vers moi et m'entraîne vers le canapé.

— Là, doucement, ma belle, ça va aller. Tu veux que je t'apporte quelque chose ? De l'eau peut-être ?

Déjà il se lève pour aller chercher ce qu'il me faut dans la cuisine. Je prends un air las et le regarde faire. Il semble fébrile et tremble légèrement en me servant un grand verre. Je décide de jouer un peu plus et lui dit d'une petite voix :

— Un carré de chocolat me ferait beaucoup de bien !

Il s'apprête à ouvrir le placard quand, soudain, il se retourne vers moi d'un air grave et me lance :

— Bien joué chipie ! Mais tu ne m'auras pas ! Tu es interdite de sucre je te rappelle !

Il revient en me tendant le verre d'eau et je râle après son bon sens. Je tente malgré tout le tout pour le tout.

— Mais le bébé en a besoin !

— Tu ne me la feras pas à moi.

Impuissante, je me saisis du verre et bois l'eau qui me semble bien fade. Prise à mon propre jeu ! Alors que je n'avais même pas envie de chocolat avant de le faire râler, maintenant j'en meurs d'envie.

— Et sinon, tu faisais quoi autour de l'enveloppe ?

— Rien. Je vérifiais seulement que tu ne l'aies pas ouverte sans moi.

— Tu me fais si peu confiance ?

Je lui lance un sourire espiègle et il me sourit à son tour.

— Écoute mon cœur, il ne nous reste plus longtemps à attendre. Et pour rendre l'annonce plus ludique, j'ai trouvé une solution qui va te plaire. Je te propose de prendre cette fichue enveloppe et d'aller au magasin de farces et attrapes dans la vallée. Là-bas, on demandera au vendeur de l'ouvrir et de nous vendre un fumigène correspondant au sexe du bébé. J'ai vu une vidéo sur le net sur ce genre d'annonce !

Alors là, mon envie de chocolat s'envole immédiatement. Je bondis du canapé, le faisant sursauter au passage et cours chercher mes chaussures dans le placard. Je lance ma doudoune sur mes épaules et me saisis de mon sac à main avant de me retourner vers Mathieu qui est toujours sur le canapé.

— Bin alors, je t'attends !

Il se lève en riant et me rejoint en trois enjambées. Il ouvre le placard à son tour et se tourne vers moi. Il passe sur ma tête le magnifique cache-oreilles que je me suis offert l'an dernier dans sa boutique à l'occasion de notre randonnée. Il dégage une mèche de cheveux qui était coincée devant mes yeux et finit par déposer un petit bisou sur mon nez.

— Là ! Maintenant tu es prête pour sortir, mon petit kangourou.

Tout le monde est réuni dans le salon, nous avons décidé de fêter Noël dans notre maison histoire de faire la pendaison de crémaillère en même temps. Maman est venue avec son chéri pour les vacances, mais ils ont préféré dormir chez Martine pour nous laisser un peu d'intimité et également pour m'éviter de la fatigue supplémentaire.

*****

Maman et Martine sont arrivées un peu plus tôt dans la journée et nous ont préparé un repas digne d'un 5 étoiles. Maintenant que nous avons bien mangé, nous sommes tous réunis autour de la cheminée où nous sirotons une tisane. Ce moment de calme et de détente me semble propice pour faire l'annonce. Je me lève du canapé et fais signe à Mathieu de me rejoindre. Il comprend immédiatement ce que je veux, va directement dans le placard récupérer notre achat de l'après-midi et invite tout le monde à se couvrir et à nous suivre dehors. Je m'enroule dans le plaid et sors rapidement alors que, dans le salon, tout le monde se regarde d'un air surpris. Sa mère et la mienne semblent étonnées et Jules bougonne, car il était bien au chaud dans son fauteuil.

Oui, il est tellement souvent à la maison que Monsieur s'est même attribué un fauteuil.

Une fois que tout le monde nous a rejoints dehors, Mathieu prend la parole :

— Voilà ! On y est ! On a décidé de partager avec vous la découverte du sexe de notre bébé !

Surprises, Martine et ma mère se prennent dans les bras l'une de l'autre et nous regardent avec attention. Je me rapproche de Mathieu et nous levons les bras en l'air, puis Mathieu tire sur le fumigène et une fumée bleue envahit le ciel !

Tout le monde pousse des cris de joie ! Des « Oh » et des « Ah » fusent de toutes parts alors que Mathieu se penche vers moi et m'embrasse en me faisant tourbillonner au milieu de la volute de fumée bleue.

Chapitre 4

Je suis survoltée ! Les fêtes sont finies et nous avons décidé de commencer les achats pour notre petit prince. Une fois ma journée terminée, je rejoins Mathieu à la boutique.

Depuis mon emménagement dans la région, j'ai décidé de travailler comme infirmière libérale et je dois dire que je suis plutôt satisfaite de ce choix. Grâce à ça, j'ai pu rapidement prendre mes marques dans le village et je connais presque autant de personnes que Mathieu à présent. Je stationne ma voiture dans la rue principale du village et rejoins prudemment la boutique à pied. Je suis toujours aussi maladroite et, depuis que je suis enceinte, j'ai la hantise de tomber. J'ai l'impression de me revoir un an en arrière avec mon cul de babouin suite à ma chute devant la gare.

– C'est moi ! dis-je en entrant dans la boutique.

Les clients se retournent, je leur souris l'air de rien et pars rejoindre mon chéri dans l'arrière-boutique. En grand sauvage, il préfère gérer les stocks que la clientèle.

— Coucou ! Tu es prêt ?

— Pour toi toujours ! Vincent, je te laisse la boutique. À demain.

Il me prend par le cou et me conduit à sa voiture. Depuis qu'il a rompu avec Margot, il a changé d'employé et a engagé Vincent qui est adorable et en qui je peux avoir confiance. Au moins, avec lui, je suis sûre qu'il ne tentera pas de me piquer mon amoureux. Depuis la trahison de Marc, je dois avouer que j'ai toujours du mal avec la confiance. Pourtant, Mathieu ne me donne pas matière à douter, mais c'est plus fort que moi. Heureusement, il connaît mon parcours et ne m'en tient pas rigueur.

— Tu es prête à choisir ?

— Tu rigoles ? Tu devrais surtout te poser la question de savoir si tu es prêt à monter tout ce que je veux !

C'est en chahutant que nous entrons dans la boutique. On a déjà regardé sur internet et dans les magazines et nous savons exactement ce que nous voulons. Mais, une fois dans le magasin, je m'émerveille de tout. Heureusement, Mathieu est bien plus raisonnable et me ramène sur terre.

— Oh ! Regarde ces petites baskets ! clame-t-il en me tendant la paire de chaussures.

Bon, finalement, il ne va peut-être pas se montrer aussi raisonnable que je le pensais, aussi va-t-il falloir ce soit moi qui devienne l'adulte responsable.

— Tu es conscient qu'il ne courra pas tout de suite ?

— Très drôle ! Avoue qu'elles sont craquantes !

Il me regarde avec tant de joie et de pétillements dans les yeux et il est tellement à mille lieues du Mathieu bougon de l'an dernier qu'il me fait craquer !

– Bien sûr qu'elles sont trop chou ! dis-je en me saisissant des chaussons et en les mettant dans mon panier.

Bon, vu comme c'est parti, on n'est pas près de sortir du magasin.

Après plus de deux heures passées en boutique, nous prenons la route du retour, le coffre plein d'articles. Mathieu a prévenu Jules et ce dernier nous attend déjà devant la maison prêt à décharger les meubles.

Je suis tout excitée et cours ouvrir la porte d'entrée afin de commencer au plus vite l'aménagement de la chambre. Mais, dans mon empressement, je ne vois pas la plaque de glace et glisse sur quelques mètres. J'ai beau remuer les bras dans tous les sens pour tenter de garder l'équilibre, c'est peine perdue.

– Vic ! crie Mathieu dans mon dos.

Heureusement pour moi, Jules est réactif et arrive à me rattraper au vol.

— Victoria, je suis exaspéré de voir que depuis un an rien n'a changé, tu as toujours autant de problèmes à tenir sur tes pieds !

– Ça va ? demande Mathieu en arrivant vers nous alarmé.

Je me redresse en arrangeant ma doudoune et en replaçant mon bandeau qui a glissé lors de ma prouesse artistique.

— Nickel ! Tu connais ma passion pour Holiday on ice ! Bon réflexe mon gars, dis-je à Jules en lui tapotant le bras et en les plantant sur le pas de la porte.

Bon, intérieurement je n'en mène pas large, mais si je ne veux pas que mon chéri passe en mode psychopathe, autant faire comme si de rien n'était.

*****

Doucement, la pièce commence à prendre de l'allure. La table à langer est montée et les garçons commencent à déballer le carton contenant le lit à barreaux. Pendant qu'ils s'activent, je tourne comme une lionne en cage. Je n'ai rien à faire et je n'en peux plus de cette inaction. Alors qu'ils sont tous les deux absorbés par le plan du lit, je décide de donner un coup de main. Je me penche en avant et saisis discrètement une planche, seulement pour la rapprocher des garçons…

– Je peux savoir ce que tu es en train de faire ? interroge Mathieu brusquement.

Je me retourne en sursautant, manquant d'assommer Jules au passage.

— Eh ! Fais attention ! Tu as bien failli m'éborgner au passage ! se plaint-il en baissant la tête in extremis.

Je le regarde faire en levant les yeux au ciel puis je reporte rapidement mon regard sur mon chéri qui déjà tente de m'enlever la planche des mains. Il est infernal à me surveiller ainsi ! C'est à se demander s'il n'a pas un radar pour pister mes faits et gestes.

— Ça va ! Je veux simplement aider ! Je suis enceinte pas impotente !

– Oui ben, je connais des femmes enceintes moins dangereuses que toi ! ricane Jules derrière moi.

Je me retourne brusquement à son commentaire désagréable et, sans le vouloir, lui donne un coup de planche sur la tête. Je pouffe de rire alors qu'il se frotte le front. Pour le coup, celle-là, il ne l'a pas volée à insinuer que j'ai deux mains gauches !

— Chérie, tu n'es pas impotente ! Mais tu fais déjà assez d'efforts comme ça dans la journée et je veux que tu te ménages, m'explique gentiment Mathieu en m'enlevant l'objet du délit des mains. Tu sais quoi, va dans la cuisine nous préparer une bonne soupe et quand on aura fini de monter les meubles, tu viendras choisir leurs emplacements et tu t'occuperas de la déco.

En moins de temps qu'il n'en faut pour le dire, je me retrouve sur le palier de la chambre, face à la porte que Mathieu vient de me refermer au nez !

Celle-là, je ne l'avais pas vue venir. Je m'apprête à rentrer dans la chambre pour leur signifier mon mécontentement, mais je les entends rigoler tous les deux et comprends que c'est peine perdue. Il va falloir que je me contente de la décoration. En même temps, ils n'ont pas complètement tort et je décide d'écouter mon chéri et d'aller à la cuisine préparer le repas du soir. Avec un peu de chance, je pourrai peut-être tomber sur un carré de chocolat qui traîne et faire péter mon taux de sucre ! C'est fou comme la grossesse peut me rendre rebelle !

*****

Et voilà ! La touche finale est mise et j'adore ce que j'ai réussi à faire dans la chambre du bébé. Les couleurs qu'on a choisies sont juste trop chou, du jaune, du bleu et du gris. Je ne voulais pas de chambre exclusivement bleue parce que c'est un garçon que nous allons avoir et j'avoue avoir craqué sur cet ensemble dans le magasin. Il manque encore quelques articles, mais, au moins, le ton est donné. Mathieu est en train de ranger la perceuse qui nous a servi à poser la tringle à rideaux. Il se relève et vient me rejoindre, heureux et satisfait de voir la chambre de son fils aussi jolie.

Depuis qu'il sait que nous allons avoir un petit garçon, il n'arrête pas de se projeter dans l'avenir. Il imagine les après-midis de sport et les randonnées qu'il lui fera faire alors qu'il n'est pas encore né ! Cela me fait sourire et j'avoue que j'éprouve une certaine fierté à porter son fils. Il me prend dans ses bras et m'embrasse tendrement.

— Tu vois, tu as pu mettre ta touche dans cette pièce, même si tu n'as pas monté les meubles.

— Mouais, mais je t'ai quand même entendu te moquer de moi avec Jules. Tu penses comme lui que je suis une catastrophe ambulante !

– Mais c'est ce qui fait ton charme mon cœur ! dit-il sans même me contredire tout en quittant la pièce pour aller ranger ses affaires dans le garage.

Je n'en reviens pas ! Il pense sincèrement que je suis maladroite et que je ne fais que des boulettes ! Il ne va pas s'en sortir comme ça ! Je m'avance vers l'escalier et lui dis par-dessus la rambarde :

— Je ne suis pas maladroite !

En me penchant, ma main heurte malencontreusement le vase que j'ai eu la bonne idée de poser hier sur le rebord un peu plus large du garde-corps pour en faire une jolie décoration. Ce dernier bascule et va s'écraser juste à côté de Mathieu qui a à peine le temps de se pousser pour l'éviter. Il lève la tête et me regarde perplexe.

— C'est pas de ma faute, je te jure ! dis-je innocemment en levant les mains en signe de bonne foi.

— On va dire ça oui… répond-il en souriant d'un air narquois et dubitatif.

— De toute façon, je ne l'aimais pas ce vase ! dis-je en descendant pour aller réparer ma bêtise puisqu'il semblerait que Monsieur mon amoureux ne me croit pas.

Chapitre 5

Début février arrive, avec lui j'entre dans mon sixième mois de grossesse. Mon ventre s'est déjà bien arrondi et bébé bouge comme un petit fou, à se demander s'il ne se livre pas des entraînements de boxe en prenant ma vessie comme punching-ball ! J'ai l'impression de passer ma vie aux toilettes.

Avec Mathieu, nous continuons de préparer l'arrivée de notre petit prince et de lui chercher accessoirement un prénom. Et je dois bien admettre que, parti comme c'est parti, on risque de devoir l'appeler Prince.

Mathieu cherche des prénoms plutôt basiques, alors que je recherche de l'originalité dans les prénoms anciens.

Assis devant la télé, Mathieu est absorbé par un match de je ne sais quel sport, alors que je suis plongée dans un livre de signification des prénoms. Sa main caresse doucement mon ventre pour tenter d'apaiser bébé. Parfois je me demande si Valérie Damidot n'est pas en train de faire du « home staging » à l'intérieur tellement ça remue là-dedans.

– Edgar ! dis-je brusquement.

Mathieu me regarde d'un air surpris et suspend son geste sur mon ventre. Il semble prendre un temps de réflexion et j'attends le cœur battant qu'il me donne sa réponse. J'ai peut-être enfin trouvé un prénom qui lui convient ! Un léger sourire commence à se dessiner sur ses lèvres, il semblerait que j'ai tapé juste ! Il ouvre la bouche, j'en arrête de respirer, histoire d'être sûre de bien entendre sa réponse :

— T'es pas sérieuse ?

Et voilà ! Il vient de faire s'effondrer tous mes espoirs d'un seul sourire ravageur ! Il se réinstalle sur le canapé tout en continuant de me lancer des regards amusés.

— Bin si ! Justement ! Je trouve ce prénom très... comment dirais-je...

— Ancien ? C'est le mot que tu cherches, non ?

— Ah ah ! Très drôle ! Non, le mot que je cherche est « vintage » !

— C'est bien ce que je dis ! Vieux ! D'ailleurs, si on fait référence à ta culture cinématographique, il me semble que c'est le prénom du méchant dans *Les Aristochats* ! Pas cool pour notre petit prince !

– Forcément, vu comme ça, il fait moins glamour ! dis-je en bougonnant et en replongeant dans mon livre à la recherche d'un nouveau prénom. Mais enfin, il va falloir qu'on se décide ! Prince, ça va pas être possible.

Mathieu sourit et reprend ses petites caresses circulaires sur mon ventre. Comme pour lui répondre, je sens le bébé venir se lover immédiatement sous sa main. Je souris de plaisir devant ce moment de plénitude. C'est fou comme le bonheur peut être simple ! Je ferme les yeux quelques instants, histoire de graver ce moment dans ma mémoire. Mais au bout de quelques secondes, le téléphone vibre sur la table basse et me ramène à la réalité. Je me penche pour découvrir qui me dérange. Je suis surprise de voir qu'il s'agit de ma collègue Claude qui m'appelle à une heure si tardive. Je décroche, curieuse de savoir ce qui lui arrive.

— Vic, excuse-moi de te déranger à cette heure-ci, mais j'ai un service à te demander. Je sais que tu es en repos aujourd'hui, mais je viens de recevoir un appel de Madame Villot. Son mari a eu un souci avec sa poche de colostomie et ils n'arrivent pas à la changer. Tu habites à dix minutes en voiture de chez eux et avec la neige je ne pourrai pas être chez eux avant trente minutes. Est-ce que cela te dérangerait d'y aller pour moi ?

— Oh ! Les pauvres ! Bien sûr que je vais aller les voir. Tu ne vas pas faire toute cette route pour changer une poche !

— Tu es un amour ! Ça m'ennuie de te demander ça à cette heure-là…

— Ne t'inquiète pas. Si on ne peut pas se rendre service entre collègues, alors mieux vaut changer de métier. Allez, ne te fais pas de souci, je vais aller les voir.

— Merci encore et bonne soirée.

— Oui, toi aussi.

Je me lève et commence à me diriger vers le placard pour récupérer ma doudoune. Je reviens ensuite m'asseoir sur le canapé pour mettre mes après-skis. Je sens le regard désapprobateur de mon chéri dans mon dos. Je finis par me retourner vers lui une fois venue à bout de mes chaussures. Je ne vois presque plus mes pieds et je dois bien avouer que me chausser est de plus en plus difficile.

— J'en ai pour quelques minutes, une heure tout au plus !

— Et tu es censée être en repos ! Elle le sait Claude que tu es enceinte de 6 mois ? Comment va-t-elle faire quand tu seras en congé maternité ?

— Oui elle le sait. Et c'est un service que je lui rends. Monsieur Villot habite à 10 minutes d'ici. J'aimerais bien qu'elle me rende ce genre de service si un jour j'ai un appel du même style aussi loin de chez nous.

Il souffle en croisant les bras sur sa poitrine et en fixant son regard sur son match d'un air bougon. Je fais le tour du canapé et me penche vers lui pour lui déposer un tendre baiser sur le front.

— Je ne serai pas longue et je te promets que je saurai me faire pardonner... lui dis-je d'un air canaille.

Il tente de garder son sérieux, mais je le vois esquisser un petit sourire en coin.

Je quitte la pièce en riant et prends ma sacoche pour pouvoir faire les soins au patient. Il fait déjà nuit, il est presque 21 heures et un froid glacial me saisit dès que je sors sur le pas de la porte. Je me dirige vers ma voiture et grimpe dedans aussi rapidement que ma corpulence de femme enceinte me le permet. Je mets le contact et allume immédiatement le chauffage pour me réchauffer rapidement.

Les Villot n'habitent pas loin et j'aurai vite fait d'être revenue chez moi pour me faire pardonner.

Les phares de ma voiture éclairent la route complètement recouverte de neige. J'avance doucement dans ce paysage presque fantomatique. La neige craque sous mes pneus alors que de petits flocons dansent dans la lumière de mes phares.

Je progresse doucement sur la route que je distingue mal. Il a beaucoup neigé aujourd'hui et même si depuis plus d'un an j'ai appris à conduire sur la neige, j'avoue ne pas me sentir tout à fait à l'aise. Je fixe la route et ne mets même pas la musique pour ne pas me déconcentrer.

Soudain, comme sorti de nulle part, un animal ressemblant à un chamois surgit devant moi. Je tente de freiner pour ne pas le percuter alors qu'il reste paralysé, le regard braqué dans mes phares comme hypnotisé !

Je ne roule pourtant pas bien vite, mais, malgré ça, la voiture se met quand même à glisser. Je tente de braquer le volant en douceur pour la ramener sur la chaussée, mais c'est peine perdue. Je me vois passer devant l'animal sans le percuter et je regarde impuissante ma voiture continuer à glisser en direction du contrebas.

Prise de panique, je tente le tout pour le tout et appuie frénétiquement sur le frein, mais les roues semblent s'emballer un peu plus. Je tourne mon volant à fond pour essayer de ramener la voiture, mais rien n'y fait. Je suis à présent complètement tétanisée. Je plaque les mains sur mon ventre dans une tentative désespérée de protéger mon bébé en attendant l'impact qui maintenant est inévitable.

Une butte de neige apparaît devant moi et je prie pour qu'elle ne cache pas un rocher. Je me vois avancer au ralenti alors que la voiture continue inexorablement sa course. Le choc est imminent, la peur m'envahit et je préfère fermer les yeux pour ne pas voir ce qui va arriver. Mon cœur accélère et tambourine dans ma poitrine comme s'il allait en sortir. Je sens une sueur froide me parcourir le dos alors que la voiture percute lourdement le monticule neigeux et que je me sens propulsée en avant. Ma tête heurte le volant et j'ai à peine le temps de sentir la douleur que déjà ma vue se brouille avant que je ne perde connaissance.

Chapitre 6

Un bruit persistant résonne à mes oreilles. Je tente d'ouvrir les yeux, mais ceux-ci me semblent très lourds. La joue appuyée sur quelque chose de dur commence à me faire très mal. Je bougonne en essayant de chercher d'une main mon réveil pour arrêter cette sonnerie qui me vrille la tête, mais je heurte le mur ou plutôt une vitre si j'en juge l'aspect lisse et froid. Je ramène la main vers mon visage pour tenter d'ouvrir une nouvelle fois les yeux et je suis surprise de sentir une matière visqueuse et collante sous mes doigts. Ma respiration commence à s'accélérer alors que me reviennent en mémoire les images de l'accident. Je relève la tête brusquement pour constater l'étendue des dégâts, l'alarme s'arrête enfin et je prends conscience que c'était ma tête appuyée sur le klaxon qui provoquait ce bruit assourdissant. Mon cœur cogne dans ma poitrine alors que je suis prise d'un vertige. Je ferme les yeux pour tenter de dissiper le malaise, j'essaie de respirer calmement pour diminuer l'angoisse qui me gagne.

— Inspire calmement par le nez et expire doucement par la bouche Vic, m'intimais-je mentalement.

Quand je me sens prête, j'ouvre les yeux doucement et baisse le miroir de courtoisie pour jeter un œil à la blessure sur mon visage. Il semblerait que dans le choc je me sois ouvert l'arcade sourcilière. Je continue de faire courir mes doigts sur mon visage pour déceler une autre blessure, mais je ne vois rien.

Soudain, je prends conscience de la gravité de ma situation et encercle mon ventre de mes deux mains comme pour protéger le petit être qui se cache à l'intérieur.

— Mon petit prince ! Ça va ?

Je continue de tâter mon ventre à la recherche d'un mouvement. Mais rien, pas même un petit coup dans les côtes ! Moi qui habituellement peste après lui quand il coince son petit pied à cet endroit-là, je me surprends à prier pour qu'il le fasse maintenant. Une nouvelle crise de panique me gagne et j'ai toutes les peines du monde à la contenir. Je tente de me parler à voix haute pour combler le silence angoissant dans lequel je suis plongée, tout en continuant de palper mon ventre d'une main tremblante.

— Ça va aller ! Tout va bien se passer. Ton papa va venir nous sortir de là.

— Mais bien sûr ! Compte dessus et bois de l'eau !

Je sursaute en entendant cette voix ! Je tourne la tête du côté du siège passager et mon cœur rate un battement en découvrant Gwen assise à mes côtés. Je me frotte les yeux pour tenter d'effacer cette vision, mais, quand je les ouvre à nouveau, Gwen est toujours là, assise à côté de moi, m'observant d'un air amusé.

– Je suis morte ? dis-je d'une voix blanche.

— Pourquoi cette question ?

— Et bien tu es morte, alors si je te parle, c'est qu'il m'est arrivé malheur !

Elle me sourit d'un air mystérieux, mais ne répond pas à ma question. Je la regarde en silence et tente de comprendre pourquoi j'ai cette vision. Une sensation bizarre me submerge, je suis triste et heureuse à la fois. Ce sentiment paradoxal me surprend. J'ai peur que l'accident ne m'ait été fatal et, en même temps, je suis heureuse de revoir mon amie. Son visage est détendu par rapport aux souvenirs que je garde d'elle, et elle semble rayonner. Ses cheveux noirs tombent en cascade sur ses épaules la faisant ressembler à une gravure de mode. Je meurs d'envie de tendre la main et de la toucher, mais j'ai peur qu'elle ne disparaisse.

— Tu me manques ! finis-je par lui dire. Tu as souffert ?

— Non. J'ai eu la chance d'être bien accompagnée.

Elle me lance un grand sourire qui illumine son visage. Je retrouve ses yeux rieurs qui me manquent tant depuis plus d'un an. Ses yeux me dévisagent comme si elle cherchait à voir au plus profond de moi. Cela me gêne et en même temps j'ai du mal à me soustraire de ce regard.

Cela fait des mois que j'imagine ce que je lui dirais si un jour je croisais son fantôme et aujourd'hui qu'elle est devant moi, je ne sais plus quoi dire. C'est bien la première fois d'ailleurs que je ne trouve pas mes mots ! Comme si elle avait entendu mes pensées, elle me dit :

— Et bien Vic, je t'ai connue plus loquace ! Tu n'as rien à me dire ?

— T'es une bourrique doublée d'une emmerdeuse ! finis-je par lâcher.

Elle hausse un sourcil, un peu surprise par ma fougue. En même temps, je dois bien avouer que je me surprends moi-même. De toutes les choses que j'ai à lui dire, je commence par celle-là ! Mais tant pis, ce qui est dit est dit ! Alors je reprends :

— Me faire gravir cette fichue montagne ! Et en plein hiver qui plus est ! Tu sais combien j'en ai bavé ? Et puis, ne pas me donner le nom de tes amis… Reparlons-en tiens !

— Il me semble que tu n'as pas eu tant de mal que ça !

— Oui, bon ! Mon entraînement quotidien a aidé !

— T'es consciente que Gym direct ça ne compte pas ?

— Tiens bizarre ! Mathieu m'a dit la même chose !

À l'évocation de Mathieu, un léger malaise me prend. On parle de l'homme qu'elle a aimé et qui à présent est celui que j'aime. Je me sens rougir et n'ose plus la regarder. Son regard me sonde et me gêne.

— Qu'y a-t-il Vic ? Il n'y a pas de gêne à avoir. Si je t'ai demandé de venir ici pour répandre mes cendres, ce n'est pas pour rien. J'avais mon idée derrière la tête et, d'ailleurs, je suis contente de ne pas m'être trompée. Il t'a fallu combien de temps pour découvrir que Marc te trompait ?

— Le soir de ta mort... Je l'ai découvert dans mon lit avec une fille de la radio.

Gwen baisse la tête et la secoue de droite à gauche en émettant un petit son montrant ainsi son agacement.

— Quel enfoiré ce type. Je te l'avais pourtant dit, mais tu ne voulais rien entendre. Heureusement, tu m'as écoutée pour la suite et tu as suivi mes signes.

— Oui, et je suis heureuse. Enfin... J'étais heureuse...

— Pourquoi ? Tu ne l'es plus ? Il s'est passé quelque chose pour que tu te retrouves dans cette situation ? Vous vous êtes disputés ?

— Quoi ? Non ! Tu crois que j'ai voulu mettre fin à mes jours ? Ça ne va pas la tête !

Son insinuation me fait prendre à nouveau conscience de la situation critique dans laquelle je me trouve, je tente d'ouvrir ma portière, mais la masse neigeuse dans laquelle je me suis encastrée m'empêche d'ouvrir la portière, je tends la main vers Gwen pour tenter d'ouvrir la portière passager ; sans grande surprise, la porte résiste. Je suis complètement bloquée dans la voiture, mon ventre rebondi ne me permet pas de tenter ma chance par la banquette arrière, je vais devoir me résoudre à attendre. Il commence à faire vraiment froid dans l'habitacle, je frotte mes mains l'une contre l'autre pour essayer de me réchauffer.

— Il fait froid hein ?

— Oh, putain Gwen ! Tu m'as foutu les boules.

À présent elle est sur la banquette arrière et me regarde amusée. Sauf que moi, je ne ris plus ! J'ai froid et je commence réellement à avoir peur. J'ai dû grandement me cogner la tête lors de l'accident pour avoir des apparitions fantomatiques de ma défunte amie. Je décide de l'ignorer et de faire ce que toute personne normale et censée aurait déjà fait. Je cherche mon sac à main qui n'est plus sur le fauteuil passager. Un coup d'œil rapide et je le retrouve par terre complètement éventré. Je me penche difficilement, mon ventre tire un peu sous l'effort, mais j'arrive enfin à récupérer mon téléphone. La vitre est brisée, mais je parviens quand même à passer un appel. Il n'y a qu'une seule sonnerie et Mathieu décroche immédiatement, comme s'il avait le téléphone en main. Avec tout ça, je ne sais même pas depuis combien de temps je suis partie.

— Vic ! Putain où tu es ? Dis-moi que tu vas bien ?

— Je… Oui… Enfin, je ne sais pas…

— Qu'est-ce qui se passe ? Ça fait des heures que je te cherche partout. J'ai appelé Claude qui elle-même a appelé ton patient, tu n'es jamais arrivée chez lui ! T'es où ?

— Ne t'inquiète pas, j'ai eu un accident, j'ai glissé…

— Quoi ? Tu es où ? Tu as mal ? Le bébé ?

— Je ne sais pas… Mathieu, j'ai peur.

— Bébé, ne panique pas, je vais te retrouver.

— Je suis coincée dans la voiture, je ne peux pas sortir.

— N'aie pas peur mon cœur. On raccroche, garde de la batterie. Essaie de klaxonner pour que je t'entende, je vais refaire la route. Il a tellement neigé que les traces de roues de ta voiture ne sont plus visibles sur la chaussée. Ne t'inquiète pas, je serai vite près de toi. Je t'aime.

Sur ces mots, il coupe la communication. Dans le rétroviseur, je vois Gwen se caler confortablement sur la banquette arrière, les bras étendus sur le dossier. Je décide de l'ignorer. Mathieu va bientôt arriver et je commence sérieusement à me poser des questions sur mon hallucination. Pour éviter de trop penser, je m'applique à appuyer à un rythme régulier sur mon klaxon. J'enclenche également les feux de détresse pour tenter d'aider Mathieu à me localiser.

— Ta plaie saigne encore. Tu devrais peut-être te servir de ta sacoche d'infirmière pour faire un pansement.

— Gwen ! Tu n'es pas réelle ! Alors stop ! Je me suis seulement cogné la tête un peu trop fort sur le volant.

— Si tu le dis…

Je ferme les yeux pour ne plus la voir et, si je pouvais, je me boucherais les oreilles pour ne plus l'entendre. Cette vision commence sérieusement à m'inquiéter. Je regarde par la fenêtre, mais je ne vois que la grosse couche de neige qui entoure ma voiture.

– Et je klaxonne, je me raccroche à la vie, je saoule les autres avec le bruit que je fais ! chantonne Gwen dans mon dos.

Je me retourne vivement pour lui crier dessus au moment où un coup sur la voiture me fait sursauter. Gwen disparaît de ma vue instantanément alors que j'aperçois Mathieu à travers le pare-brise arrière.

— Bébé je suis là ! clame-t-il en observant ma voiture pour voir comment il va me sortir de là. Les pompiers sont prévenus, ils ne vont pas tarder.

Mais pour ne pas rester à rien faire, il commence à creuser dans la neige pour tenter de dégager ma portière.

Mathieu est comme un fou, ses mèches bouclées lui tombent devant les yeux, et des volutes de fumée générées par le froid sortent de sa bouche au rythme de sa respiration saccadée. Ses mains nues plongent dans la neige sans s'arrêter et sans faiblir malgré la quantité à dégager.

Au bout d'un temps que je ne pourrais pas définir, des voix viennent perturber le silence qui nous entoure. Les pompiers arrivent et doivent s'y reprendre à plusieurs fois avant que Mathieu ne les laisse enfin intervenir. Rapidement, ils arrivent à dégager et à ouvrir ma portière pour me prendre en charge.

Chapitre 7

Enroulée dans la couverture de survie, je tente de me réchauffer comme je peux. Mais mon corps a des difficultés à le faire. Je me mets tout à coup à trembler de tout mon être. Les nerfs sans doute qui doivent lâcher. Je tente de calmer ma respiration alors que les pompiers descendent le brancard de leur camion. Nous sommes déjà à l'hôpital et, à peine hors du camion, le visage paniqué de Mathieu apparaît devant moi. Je tente de lui sourire pour le rassurer, mais brusquement une violente douleur me coupe la respiration ! Instinctivement, je porte les mains à mon ventre qui semble soudainement tout tendu.

– Vic, que se passe-t-il ? s'alarme Mathieu en continuant d'avancer à côté du brancard qui roule dans le couloir des urgences.

— Je… J'ai très… Mal. Mathieu, j'ai peur ! dis-je en saisissant la main qu'il me tend.

— Jeune femme de 37 ans enceinte de 6 mois… commence à énoncer le pompier au médecin qui approche.

— 37 ! Mais il a fumé ou quoi ? J'ai hyper mal au ventre, mais là sa connerie me fait me redresser sur le brancard !

— J'ai dit 22 ans plus 7 ans d'expérience ! Chez moi ça ne fait pas 37, mais 29 ! dis-je agacée avant de me tordre à nouveau de douleur.

— Calme-toi mon cœur, tente de m'apaiser Mathieu en passant sa main sur mon visage.

— Il a qu'à ne pas dire des âneries !

Je me raccroche à des bêtises, mais, sur le moment, cela me permet ainsi de dédramatiser la situation. Mais Mathieu ne répond pas et commence à parler avec le médecin qui semble m'avoir posé une question à laquelle je n'ai pas répondu. Mes oreilles bourdonnent et mon ventre est toujours pris de violentes douleurs. Je tente de trouver une position dans laquelle je souffre moins, mais j'ai beau me tourner dans un sens ou dans l'autre rien n'y fait. La douleur irradie à présent jusque dans mon dos alors que mon ventre se contracte tant et plus.

Soudain, un liquide me coule entre les jambes !

— Ah ben super ! Voilà que maintenant je me pisse dessus ! dis-je avant de me tordre une nouvelle fois de douleur.

Immédiatement, le médecin soulève la couverture de survie qui recouvre mon corps et lorsqu'il laisse retomber le drap sur moi il crie :

— Vite, on la monte en gynéco !

C'est le branlebas de combat autour de moi ! Le brancard s'ébranle et avance à une vitesse impressionnante. Les néons défilent à une allure folle au-dessus de ma tête alors que Mathieu galope à côté de moi pour tenter de me suivre.

J'essaie de me concentrer sur tout et n'importe quoi pour que mon cerveau d'infirmière ne se mette pas à gamberger sur la situation qui devient de plus en plus critique. Sous mes fesses, le drap est complètement trempé et mon entrejambe semble continuer à s'écouler. Je veux bien que ma vessie soit capricieuse dernièrement, mais là ça commence à faire beaucoup d'urine quand même.

Enfin, on arrive dans un box. On me passe du brancard à une table d'examen, Mathieu se tient dans un coin de la pièce, les bras ballants ne sachant que faire pour me venir en aide.

Le médecin applique sur mon ventre à présent découvert un liquide froid et pose une sonde échographique dessus pour visionner le bébé. Mon cœur palpite à un rythme endiablé alors que je guette sur le visage du gynécologue le moindre signe alarmant. L'écran n'étant pas tourné de mon côté, je ne sais pas ce qu'il se passe.

Mathieu se rapproche et me saisit la main. Je plante mon regard dans le sien pour essayer de me rassurer, mais ses yeux sont aussi paniqués que les miens. Le temps semble s'être arrêté. Les secondes s'égrènent alors que le médecin fait glisser la sonde dans tous les sens sur mon ventre comme s'il cherchait quelque chose de particulier. Je serre fort la main de Mathieu comme pour me raccrocher de peur de tomber…

La sage-femme se rapproche du médecin et discute avec lui à voix basse. Je tente de tendre l'oreille, mais la douleur est telle que je n'arrive pas à les entendre. La pièce est floue et j'ai beau fermer les yeux à plusieurs reprises, je n'arrive pas à retrouver une vision correcte. Mathieu fait glisser son pouce sur le dessus de ma main en un cercle lent qui m'entraîne dans une spirale infernale.

Le médecin se lève et se rapproche de nous, il commence à bouger les lèvres, mais je ne comprends rien à ce qu'il dit. C'est infernal, le temps m'avait semblé s'arrêter et là, tout va trop vite, tellement vite que je ne comprends rien du tout. La main de Mathieu se resserre fortement sur la mienne alors qu'une nouvelle contraction me fait pousser un cri. J'ai mal ! Beaucoup trop mal.

— Pourquoi vous ne me mettez pas un produit en intraveineuse pour calmer les contractions ? C'est beaucoup trop tôt ! finis-je par hurler au médecin.

Celui-ci semble gêné, il danse d'un pied sur l'autre avant de reprendre :

— Comme je viens de vous dire Madame, le rythme cardiaque du bébé est indétectable, la sage-femme est en train de vous placer le monitoring, mais je dois vous avouer que je suis inquiet.

— Quoi ? Comment ça indétectable ? Vous avez mal regardé, c'est tout !

La fureur me prend, je suis en colère devant l'incompétence de ce médecin qui ne sait même pas faire une échographie. La sage-femme s'agite autour de moi et me place les électrodes sur le ventre d'une main fébrile. Je lève les yeux vers Mathieu qui reste stoïque.

— Je veux partir Mathieu. Ramène-moi chez nous. Je vais aller me reposer, demain ça ira mieux. Il me faut juste une bonne nuit de sommeil.

Je tente de mettre les pieds à terre pour l'inciter à bouger, mais la sage-femme me retient par le bras alors que mon mouvement semble redonner vie à Mathieu qui se penche vers moi.

— Mon cœur, je crois que tu n'as pas bien saisi. Le cœur du bébé ne bat plus…

— Tu ne vas pas t'y mettre toi aussi ! N'écoute pas ce Monsieur, il ne sait pas ce qu'il dit.

— Madame, le choc de l'accident a provoqué un décollement du placenta et le temps que vous avez passé coincée dans votre voiture n'a rien arrangé. J'ai bien peur que…

— Non ! Vous vous trompez !

Je fixe Mathieu qui n'arrive pas à me regarder en face. Dans ma main, la sienne tremble et ne me rassure en rien. De quelque côté que mes yeux se portent, je ne vois que des regards alarmés. Une nouvelle douleur me fait pousser un cri qui me déchire les tympans. Une forte envie de pousser me cisaille le ventre. Ma vue se brouille un peu plus et je comprends en passant ma main sur mon visage que je pleure. J'essuie mes larmes rageusement. Je retiens ma respiration en serrant les cuisses pour ne pas pousser. Je ne veux pas laisser partir mon bébé ! C'est trop tôt, beaucoup trop tôt. J'ai mal, j'ai tellement mal partout que je ne sais plus où j'ai mal. Le médecin s'installe au bout de la table d'examen alors que la sage-femme me parle doucement en me passant les mains sur les joues.

— Allez, Madame, laissez-nous vous aider.

— M'aider ?

Je la regarde, totalement surprise. En quoi peut-elle m'aider ? Je veux garder mon bébé et eux veulent le faire sortir. Je tourne la tête vers le mur et là je suis étonnée de voir Gwen une nouvelle fois. Une aura dorée brille autour d'elle. Dans la pièce, tout le monde s'active et passe à côté d'elle sans même la voir. Elle me sourit, comme pour me rassurer, mais elle n'y parvient pas. La douleur est telle que je n'arrive plus à retenir les contractions. J'ai irrémédiablement envie de pousser et j'ai beau lutter, la douleur est plus forte que moi. Je pousse un nouveau cri alors que je me redresse sous le coup de la contraction.

— Vas-y ma Victoria, tu vas y arriver, me dit Gwen en s'approchant de moi.

— Non, non ! Je ne peux pas, je n'y arriverai pas.

— Je suis là mon cœur. Je vais t'aider mon amour, me dit Mathieu en se penchant vers moi et en m'entourant de tout son amour.

— Je ne veux pas ! Je ne voulais pas ! Je voulais juste aider…

— Victoria, je suis là ! Laisse-le partir, je suis là.

Je pleure encore et encore alors que mon ventre fait son travail tout seul. Mathieu me tient la main que je broie copieusement.

Soudain, la douleur cesse. Le médecin sort de la pièce et emporte avec lui un petit paquet de langes. On le regarde faire impuissants alors que la sage-femme continue de s'activer autour de moi. Elle est en train de suspendre une fiole à un pied à perfusion et c'est seulement maintenant que je me rends compte qu'on m'a posé un cathéter.

Quand est-ce qu'ils ont fait ça, bonne question ?

La sage-femme me regarde et semble attendre une réponse de ma part. Je la dévisage sans comprendre. Mathieu se penche sur moi et me caresse les cheveux d'un geste mécanique.

— La dame te demande si tu as mal, ma belle, m'informe Gwen, voyant que personne ne m'explique ce que je n'ai pas suivi.

— Si j'ai mal ? Mon cœur a mal ! Je veux voir mon bébé ! Mathieu, je veux mon bébé ! Mes cris font sursauter tout le monde.

Au même moment, le médecin revient dans la pièce en tenant toujours le petit paquet dans ses bras. Je le regarde, pleine d'espoir, mais aucun pleur ne vient me rassurer sur la bonne santé de mon bébé. Comme pour confirmer ma pensée, il me fait signe que non de la tête. Mon cœur se déchire un peu plus alors que je hurle à nouveau :

— Mon bébé, je veux mon bébé !

Il s'approche de moi et dépose dans mes bras le petit tas de tissu. Au milieu, je découvre le visage de mon petit prince. Il est tout calme, ses yeux sont fermés et on distingue les veines à travers sa peau toute pâle. D'une main tremblante, je tends le doigt pour effleurer sa joue. Je passe l'index à plusieurs reprises, espérant le stimuler, mais sans succès. Un sanglot m'échappe alors que Mathieu tend sa main à son tour pour dégager le bras de notre enfant. Sa petite main est minuscule et semble si fragile.

On reste là, silencieux, tous les deux à contempler notre petit prince qui n'ouvrira jamais les yeux pour nous montrer son si joli regard. Après deux heures passées à contempler notre fils sans échanger un seul mot, la sage-femme revient vers nous informer qu'il va falloir laisser le bébé et envisager sa déclaration de naissance.

— Comment souhaitez-vous l'appeler ?

— Nous ne savons pas encore. Nous n'avions pas encore pris de décision…

— Nino ! Mathieu, je veux l'appeler Nino ! Hein, mon petit ange, il est beau ce prénom !

La sage-femme me tend les mains pour récupérer mon bébé, mais je ne veux pas lui donner. Je veux le garder dans mes bras. Je me penche d'avant en arrière en fredonnant une berceuse pour rassurer mon petit ange alors que Mathieu pose ses mains sur mes épaules pour m'encourager à le donner à la sage-femme.

— Laisse-le partir mon cœur.

— Mais je ne peux pas. Je ne peux pas le laisser seul ! dis-je en pleurant de plus belle.

— Si, tu le peux Victoria. Je suis là ! Comme je te l'ai promis…

— Oh Gwen ! Prends soin de lui !

Je continue de pleurer alors que la sage-femme me prend mon ange, mon joli Nino pour l'emmener loin de moi. Ma gorge et mon cœur se serrent alors qu'une fatigue intense s'empare de moi. Ma tête tourne, je ne me sens pas bien du tout.

Soudain, tout est noir ! Je suis seule.

Chapitre 8

Trois semaines que je suis dans un trou noir. Trois semaines que je vis un cauchemar. J'ai beau me pincer, me donner des claques, rien n'y fait, je ne peux pas me réveiller. Mon séjour à l'hôpital a été très court.

Sortie contre avis médical et contre l'avis de Mathieu, j'ai demandé à rentrer chez moi au plus vite, espérant fuir le plus rapidement possible cette sensation de vide et surtout ce lieu horrible où j'ai perdu mon petit Nino !

Mais, une fois sur la route, dans le silence de la voiture, les images de mon accident ont surgi dans ma mémoire. Je revois les yeux brillants de l'animal pris au piège dans les phares de ma voiture. Je tente de comprendre ce que j'ai mal fait pour en arriver au drame que nous vivons.

Depuis ce jour horrible, Mathieu est resté silencieux. Bien sûr, il m'entoure de son amour, tente des gestes tendres, mais je ne peux pas les accepter. Je refuse qu'on me touche.

Il ne m'a pas demandé ce qui s'est passé et je n'arrive pas à lui dire. Comment expliquer l'impensable ? Comment lui dire ce que moi-même je n'arrive pas à comprendre ?

Et puis, très rapidement, il a fallu organiser les obsèques de notre petit ange ! Là où les couples choisissent les accessoires pour bébé, il nous a fallu choisir un minuscule cercueil. Dans le silence de notre douleur assourdissante, nous avons dû regarder le couvercle de cette boîte si petite se refermer sur le visage si doux de notre fils.

L'un à côté de l'autre, il nous a fallu dire au revoir à notre enfant avant même d'avoir réellement pu lui dire bonjour. Accompagnée de nos familles et amis, je ne me suis jamais sentie aussi seule de toute ma vie. Les gestes tendres pour tenter de soulager ma peine sont juste horribles. Je ressens chaque caresse comme si on me touchait avec du papier de verre, chaque mot doux comme une rose aux mille piquants, me griffant le cœur à chaque fois un peu plus profondément.

Et puis, le vide ! Une fois la cérémonie passée, le tourbillon de la vie qui reprend. Mathieu est resté au début avec moi, mais, très rapidement, il a repris le travail au magasin. Pour ma part, je me terre dans la maison, ne voulant pas affronter le regard des gens.

Maman est venue nous soutenir, mais je lui ai demandé de rentrer après l'adieu à Nino. Au début, elle n'a pas voulu et puis elle a vite compris que j'avais besoin de solitude, sûrement me revoyait-elle après l'enterrement de Gwen. Elle m'appelle chaque jour et je la suspecte de joindre Mathieu quand il est au magasin. Mais je ne lui en veux pas. Car lorsqu'elle m'appelle, c'est un monologue auquel je réponds par quelques mots glissés par-ci par-là afin de la rassurer, mais ce n'est certainement pas suffisamment rassurant pour elle. Et dès que la communication est finie, je me glisse à nouveau dans le silence qui à présent rythme ma vie.

Martine fait des passages éclair dans la journée, prétextant du linge à ramener ou le repas qu'elle a fait en trop la veille pour m'éviter de faire à manger.

Manger ? Pourquoi manger ? De toute façon, je n'arrive plus à avaler quoi que ce soit, la boule dans ma gorge semble prendre chaque jour un peu plus de place. Je tente de donner le change pour éviter les remontrances ou les inquiétudes des uns et des autres.

Et enfin Jules ! Fidèle à lui-même, il s'invite à la maison et vient faire du bruit là où le silence est omniprésent. Il n'hésite pas à nous remuer pour que nous ne nous enlisions pas dans notre douleur. Mais dès qu'il repart, le vide s'installe à nouveau et les non-dits avec lui.

Je passe d'une pièce à l'autre, évitant les miroirs et les fenêtres ou tout objet pouvant refléter mon visage. Les traces laissées par l'accident commencent à s'effacer, mais la douleur grandit au fur et à mesure qu'elles disparaissent, comme si mon corps avait besoin de ces marques pour moins souffrir.

Je passe donc d'une pièce à l'autre, ne supportant plus le sur place. Comme si l'immobilité me donnait la sensation de m'enliser et que mon inconscient, dans une lutte désespérée, tentait de se débattre pour que la douleur ne m'entraîne pas plus bas.

Je sors aussi dans le jardin quand respirer dans la maison commence à devenir trop dur. Alors je fuis ce joli cocon que nous avions créé pour être heureux.

Heureux ! Ce mot me semble dérisoire à présent. Comment être heureux après un tel drame ? Comment retrouver la joie de vivre qui me caractérisait ? Comment sourire ou même rire après ça ?

Toutes ces pensées s'entrechoquent dans mon cerveau et tournent en boucle provoquant une sorte de brouillard dans mon esprit. Quand le froid commence à me gagner et que mes poumons me brûlent, j'éprouve une certaine satisfaction et je peux alors rentrer dans la maison pour reprendre ma déambulation de pièce en pièce.

Assise dans le noir dans le salon, j'attends dans le silence que les minutes passent. J'entends à peine la porte d'entrée se refermer, m'annonçant que Mathieu est rentré du travail. Il allume la lumière du salon, je ne réagis même pas. Il s'approche de moi et dépose sur mes cheveux un bisou qui pour lui se veut affectueux, mais que je reçois comme un coup de poing, expulsant l'air de mes poumons au passage. Il finit par s'asseoir dans le fauteuil en face de moi.

Assise les genoux repliés devant la poitrine, les bras encerclant mes jambes pour ne pas les laisser vides et pour masquer mon ventre devenu lui aussi désespérément vide et plat, je le regarde en silence. Habituellement, il rentre et part dans la salle de bains avant de venir manger un morceau et de se plonger dans une émission de nature à la télé. Mais ce soir, il change de rituel ! Il pose ses bras sur les accoudoirs et joint ses mains devant sa bouche. De son index, il caresse ses lèvres qu'avant j'aurais voulu embrasser. Puis, après un long silence, il prend une longue inspiration et me dit :

— On me demande une excursion de quelques jours dans la montagne.

Je le regarde silencieuse, attendant la suite. Voyant que je ne réagis pas plus que ça, il poursuit :

— Je n'ai pas envie de te quitter, je n'ai pas répondu.

— Vas-y.

Ma voix fend l'air et la boule dans ma gorge me tire sur les cordes vocales. Depuis quand n'ai-je pas parlé ?

— T'es sûre ? interroge Mathieu, surpris.

— Oui ! Tu adores ce genre d'excursion et puis ça te fera du bien.

— Mais toi ? Je ne veux pas te laisser seule.

— Ça ira. Et puis, qui sait, ça me fera peut-être du bien.

— Je te signale que tu es déjà seule toute la journée.

— Que veux-tu que je fasse d'autre ?

Il me regarde, surpris par la question, visiblement elle le déstabilise. Le silence reprend ses droits entre nous, il se lève et part dans la cuisine se faire réchauffer un bol de la soupe que sa mère nous a apportée hier. Je continue de me balancer d'avant en arrière sur le canapé en écoutant les bruits qui proviennent de la cuisine.

Soudain une main avec un bol fumant passe devant mon visage.

— Tiens, c'est pour toi.

Je me saisis du récipient, qui me brûle un peu les doigts au passage, et souffle dessus plus par réflexe que par envie de m'alimenter. Il s'assoit face à moi et commence à manger tout en m'observant par moments.

Au bout de quelques minutes, je finis par boire la soupe à mon tour pour qu'il arrête de me dévisager ainsi. Déglutir est difficile, mais maintenant que j'ai commencé je dois continuer. La boule enfle de plus en plus dans ma gorge, me faisant monter les larmes. Je ferme les yeux pour les contenir afin de ne pas davantage inquiéter Mathieu.

Après ce qui me semble être une éternité, il finit par se lever brusquement, me faisant sursauter au passage.

— Je pars demain matin pour environ une semaine. Ma mère passera te voir ainsi que Jules. Je resterai joignable sur mon téléphone ou au gîte de hautes montagnes, dont l'adresse est collée sur le frigo.

— OK.

Il me regarde une dernière fois et secoue la tête d'un air contrarié avant de me laisser à nouveau seule avec ma peine.

Je lui laisse le temps de s'endormir avant de prendre la direction de notre chambre à coucher, afin d'éviter d'avoir à lui reparler. Je me glisse sous la couette, le plus doucement possible et le plus loin de lui, avant de me tourner et de laisser la fatigue m'aspirer dans le cauchemar que je fais chaque nuit depuis le drame.

*****

Je le sens remuer dans le lit, je suis déjà réveillée depuis un bon moment, mais je fais comme si je dormais. Il se lève et part dans la salle de bains. Je garde la même position et continue de respirer lentement pour simuler le sommeil. La lumière revient dans la pièce, après quelques minutes, m'indiquant qu'il revient dans la chambre. Je le sens s'approcher de moi, mon cœur palpite tel celui d'une lycéenne. Il se penche au-dessus de ma tête. Son souffle chaud vient réchauffer ma joue. Une douce odeur mentholée me chatouille les narines, j'inspire toujours calmement alors qu'intérieurement je n'en mène pas large. Le souffle se rapproche et ses lèvres viennent déposer un baiser plein de tendresse sur mon front. Mon cœur se serre devant tant d'amour. Je sens son regard posé sur moi et puis doucement ses doigts effleurent ma joue et écartent une mèche de cheveux qui barre mon visage. Il la cale derrière mon oreille et laisse glisser sa main le long de mon cou, provoquant un frisson qui avant aurait été des plus agréables. Mais là, ça me fait mal, tellement mal !

Heureusement, il ne s'éternise pas et quitte la chambre en soufflant doucement. J'attends que ses pas s'éloignent avant de reprendre une respiration normale. J'essuie rageusement les larmes qui coulent sur mes joues et une fois que j'entends la voiture quitter l'allée de la maison je me lève et pars sous la douche.

Je tourne délibérément la tête pour ne pas voir la glace qui me nargue et j'entre dans la cabine. L'eau chaude coule sur ma peau et je reste quelques instants sans bouger. Puis je passe le savon sur mon corps et comme à chaque fois, une douleur intense me submerge quand je passe sur mon ventre désespérément vide.

Une fois propre, j'enfile un pull ample et un pantalon avant de descendre à la cuisine.

— Ah !

— Je te fais tant d'effet que ça ? demande Jules en posant sa tasse de café sur la table, l'air de rien.

— Qu'est-ce que tu fais là ? Et comment es-tu entré ?

Il agite des clefs devant mon nez d'un air narquois. Je tente de les subtiliser, mais il est plus rapide que moi et les range dans sa poche avant de dire :

— Bon, on fait quoi aujourd'hui ?

— Toi je ne sais pas, mais moi je vais rester ici.

— Hors de question. Tu vas venir avec moi. Ton chocolat est prêt.

Il contourne l'îlot central et me ramène mon bol. Il me tend un croissant frais, s'assoit face à moi et attend que je me mette à manger. Je commence d'abord à faire de la résistance, mais je finis par comprendre que ce n'est pas la bonne méthode si je veux m'en débarrasser.

J'attrape le croissant et croque dedans à pleines dents. Je dois bien avouer que le goût est des plus savoureux et, même si j'ai du mal à déglutir, cela me fait du bien. Je continue mon petit déjeuner et une fois que j'ai tout fini, au prix d'un incroyable effort, je lui souris de toutes mes dents.

— Alors, heureux ?

— Bah, pas encore, mais on est en bonne voie, répond-il d'un air taquin.

Il débarrasse la table et fait la vaisselle. Je le regarde faire un peu amusée. Il s'agite dans la cuisine comme s'il était chez lui.

— Mon Dieu Jules ! On dirait un vrai petit homme d'intérieur !

— T'as vu ça ! Tony Mitchelli n'a qu'à bien se tenir !

Il me rejoint et m'entraîne vers l'entrée.

— Allez, tu mets tes chaussures et tu viens avec moi. On va aller prendre l'air.

— Je sors déjà chaque jour. Je n'ai pas besoin de toi.

— Et bien moi, j'ai besoin de toi. Je dois aller m'acheter des chaussures et en tant que grande reine du shopping, tu vas me prodiguer tes bons conseils !

Je le regarde perplexe. Il a l'air convaincu par ce qu'il me dit et n'a pas l'air d'avoir envie de bouger tant que je n'aurai pas fait ce qu'il attend de moi. Je souffle et me penche pour mettre mes chaussures. Je passe mon manteau et fixe mon bonnet sur ma tête jusqu'aux yeux avant d'enrouler mon écharpe autour du cou jusqu'au nez.

— Tu es consciente qu'on vit dans les Alpes et non pas en Sibérie ?

— Très drôle !

Je le pousse et me dirige vers sa voiture. Il me rejoint et monte dans le véhicule avec un sourire en coin. On commence à avancer lentement sur la route enneigée, mon ventre se noue alors que nous arrivons près du lieu de l'accident. Pour ne pas voir la route, je ferme les yeux et me concentre sur ma respiration.

*****

— Tu préfères lesquelles ? Celles-là ou celles-ci ? demande Jules en se regardant dans la glace.

Assise sur le petit banc de la boutique de Mathieu, je le regarde faire son show sans vraiment y prêter attention. Vincent nous apporte des boîtes et assiste aux essayages, tentant de m'intéresser en me demandant mon avis, si bien que je me demande si les deux mecs ne sont pas complices et s'ils ne se sont pas organisés pour me forcer à venir ici. Je souffle pour montrer que je commence à fatiguer et Jules finit par porter son choix sur la paire de chaussures de droite, trouvant sûrement qu'il m'a assez fait galérer comme ça.

Alors qu'il se dirige vers la caisse, je marche dans les allées de la boutique, ne supportant plus la position assise. Des flashes me reviennent en tête, je me revois débarquant avec mes boots brillantes et ma motivation à trouver mon guide pour réaliser le souhait de Gwen. Comment, en un peu plus d'un an, ma vie a-t-elle pu basculer ainsi ? Comment, de la jeune femme blessée, mais aimant la vie, je suis passée à une âme complètement meurtrie et sans joie de vivre ?

Comme pour confirmer mes pensées, je croise mon reflet dans la glace. Je sursaute en voyant les cernes sous mes yeux et mon teint blafard. Edward Cullen peut aller se rhabiller, car, mis à part les paillettes, je suis bien plus blanche que lui. Absorbée dans mes pensées, je percute sans faire exprès une dame qui arrive dans l'allée. Je m'excuse en essayant de la contourner, mais elle me barre le passage et me dit :

— Bin alors, mon petit ! On ne dit pas bonjour ?

— Pardon, Madame Delmas, je ne vous avais pas reconnue.

— On ne vous voit plus depuis l'accident ! J'en parlais hier encore à Madame Berth. Quel drame ! Perdre un bébé !

Je la regarde, complètement sous le choc. Elle est sérieuse là ? Elle me parle ouvertement de l'accident et de la perte de mon petit Nino ! Je la fixe interdite d'un air choqué, elle va bien finir par se rendre compte que ce n'est pas bien ce qu'elle fait, qu'elle n'a pas le droit de me parler de mon fils. Mes oreilles commencent sérieusement à bourdonner, mais soudain elle prononce la phrase de trop !

— Enfin, heureusement vous n'avez pas eu le temps de vous y attacher ! Ce n'est pas comme s'il était mort à 20 ans !

— Vous n'avez pas honte, vieille harpie !

Je la bouscule et fuis la boutique aussi vite que mes jambes me le permettent ! J'entame une course folle pour laisser derrière moi les mots horribles que cette vieille folle vient de me balancer dans la tête sans même se rendre compte de sa bêtise. Le vent fouette mon visage et me glace les joues, mes poumons me font mal à cause du froid ; dans ma précipitation j'ai oublié mes affaires sur le banc. Dans mon dos, la voix de Jules m'appelle, mais je ne veux pas m'arrêter. Je cours, bousculant des gens sur mon passage. Mais Jules est bien plus rapide et finit par me rattraper.

— Vic ! Mais quelle mouche t'a piquée ?

Il m'attrape par les épaules et me regarde, alarmé. Voyant que je ne lui réponds pas et qu'une crise de nerfs est en train de prendre le dessus sur moi, il me secoue pour me ramener à la raison. Quand mes pleurs semblent se calmer, il m'attire à lui et m'accompagne vers un banc non loin de là, en posant son blouson sur mes épaules.

Après quelques instants, je lui explique ce que cette horrible dame a osé me dire. Il est aussi choqué que moi par les propos qu'elle m'a tenus et se retrouve sans voix devant tant de bêtise humaine.

Nous restons silencieux sur le banc, attendant que la douleur qui me prend aux tripes finisse par diminuer un peu.

Chapitre 9

J'empile mes affaires dans mon sac aussi vite que je le peux. Mon cauchemar m'a encore réveillée avec une petite nuance à la fin cependant. Habituellement, je me réveille en sursaut lorsqu'on me retire mon bébé des bras, mais là, ce matin, la sage-femme s'est transformée et c'est la tête de cette horrible bonne femme qui me regardait en disant d'une voix mielleuse que, de toute façon, je n'avais pas eu suffisamment le temps de m'attacher à mon bébé pour souffrir autant !

N'y tenant plus, je me suis levée comme une folle et, en passant devant la chambre du bébé, j'ai pété les plombs.

— Je ne peux pas rester là, j'étouffe ! Il faut que je parte et vite.

Mon sac prêt, je descends les escaliers en courant comme s'il y avait le feu dans la maison et me précipite dehors. Je jette le sac dans la voiture et m'installe ensuite derrière le volant. Je pose mes mains dessus et là, je ne peux plus rien faire ! Je n'ai pas conduit depuis l'accident, je n'arrive pas à mettre le contact. Je suis tétanisée et ma respiration est saccadée. Mes mains se resserrent autour du volant comme pour se retenir à quelque chose. Épuisée par toute cette agitation, je finis par poser mon front sur le volant. Les larmes roulent sur mes joues alors que, dans ma tête, mon accident repasse en boucle.

— Et bien alors ! Tu fais quoi ?

Cette voix venue de nulle part me fait sursauter. C'est un peu comme ça que Gwen m'est apparu la première fois. Mais ce n'est pas une voix de femme aujourd'hui. Je tourne la tête vers la fenêtre pour voir qui se permet de me déranger pendant que je me morfonds sur mon volant.

Jules ouvre la portière et s'accroupit à côté de moi. Je reste appuyée et le regarde en silence, trop fatiguée pour pouvoir parler. Ses yeux me scannent et, pour couper court à cet examen, je lui dis :

— Ça se voit pas ? Je suis en train de m'installer pour conduire.

— Oui. Alors, permets-moi de te dire que, dans cette position-là, tu n'iras pas loin. Crois-en un expert de la conduite comme moi ! dit-il en me dévisageant une nouvelle fois. T'en peux plus. T'as besoin de changer d'air ! Pousse-toi de là !

Il me pousse en faisant mine de s'asseoir sur moi, m'obligeant à passer sur le siège passager en enjambant le frein à main. Une fois en place, il ferme la portière et me dit :

— En route pour l'aventure !

*****

La tête appuyée contre la fenêtre, je regarde défiler les kilomètres à toute allure. Je ne sais même pas où on va et j'ai la flemme de le demander à mon chauffeur ; de toute façon, ça m'importe peu. Jules a mis ses lunettes de soleil et conduit en chantonnant les tubes qui passent à la radio. Au bout d'un moment, je sens mes yeux devenir un peu plus lourds, le paysage défilant à côté de moi finit par avoir raison de moi et je m'endors.

Quelques instants plus tard, je me réveille en sursaut. Pour une fois, ce n'est pas mon cauchemar qui m'a tirée du sommeil, mais la voix de Jules qui peste en klaxonnant à tout va.

— Non, mais regarde-moi cette andouille ! Il est arrêté en plein dans le rond-point !

Dans un rond-point ? On n'est donc plus sur l'autoroute ? Je me redresse et regarde par la fenêtre. Le ciel bleu, le vent et une voiture arrêtée dans un rond-point, pas de doute, on est dans le sud ! Je tourne la tête dans tous les sens pour essayer de me repérer.

— Arrête de faire ça, on dirait Chucky ! Y'a plus qu'à vomir en jets et on s'y croirait ! lance Jules fier de sa répartie.

– Et il est content ! dis-je d'une voix niaise.

— Tu as bien dormi ?

— Étonnement, oui. On est où ?

— Tu ne reconnais pas ? Je te ramène aux sources !

Un nouveau coup d'œil à la fenêtre et je reconnais ma ville. Perpignan défile autour de moi. On est au centre de la ville et nous longeons Les Nouvelles Galeries en direction de la gare. Il fait beau et, vu la tenue vestimentaire des passants, il ne doit pas faire bien froid. La voiture continue d'avancer et, rapidement, Jules se gare dans la rue de ma maman. Je sors de la voiture et m'étire en plaçant mes mains sur mon dos. Jules me rejoint et je lui indique l'entrée de l'appartement de ma maman.

Je tape à la porte et ouvre sans attendre l'autorisation d'entrer.

— Maman ! C'est moi !

Elle déboule de la cuisine en s'essuyant les mains sur son tablier. Elle a les cheveux en bataille et de la farine sur le visage. Mon Dieu, que ça me fait du bien de la voir ! Elle me serre dans ses bras en me berçant doucement. J'inspire profondément pour savourer son odeur et ferme les yeux pour mieux enregistrer les fragrances de son parfum.

— Mon petit, mon tout petit, comment vas-tu ?

Je ne réponds pas à cette question. Cela va bientôt faire un mois que je n'y réponds plus. D'ailleurs, elle n'attend pas de réponse et passe immédiatement à autre chose.

— Où est Mathieu que je lui tire les oreilles ? Il m'a dit qu'il partait en randonnée pour une semaine le voyou !

Si je suspectais Mathieu et ma mère de se parler dans mon dos, j'en ai au moins la confirmation. Elle s'arrête surprise en découvrant Jules sur le pas de la porte. Elle ne sait plus quoi dire et me regarde inquiète.

— Ne me dit pas que vous vous êtes séparés ?

— Non Madame, ne vous inquiétez pas, répond Jules à ma place. Vic avait besoin de changer d'air et je lui ai proposé de l'accompagner.

Soulagée, maman nous entraîne dans le salon. Après un rafraîchissement, elle nous laisse quelques instants pour aller préparer nos chambres et faire à manger. Jules sort sur le balcon fumer une cigarette et je me retrouve seule dans la pièce.

Ne supportant plus cette solitude, je rejoins maman qui est dans ma chambre de petite fille, en train de faire mon lit. Naturellement, je l'aide et la laisse me parler pour combler le silence.

— Si on m'avait dit ce matin que tu viendrais me voir ! Je te dis que je n'y aurais pas cru ! Ah ça non ! D'ailleurs, tu ne l'as pas dit à Mathieu ? Il ne m'a rien dit…

— Oh, mais je ne me fais pas de souci, tu vas t'empresser de lui dire. Ou bien Jules le fera…

Elle me regarde un peu gênée. Elle comprend qu'elle vient de se griller par deux fois et que maintenant, je n'ai plus de doute sur leur petit manège.

— Écoute, ne le prends pas mal, mais je me fais du souci pour toi. Tu comprendras quand tu seras…

Elle ne termine pas sa phrase et plaque sa main sur sa bouche, se rendant compte par elle-même de l'erreur qu'elle vient de commettre. Je ravale les larmes qui, vicieuses, sont déjà au bord de mes yeux et je quitte la pièce rapidement. Jules qui, au même moment, rentre dans le salon me regarde, alarmé.

— Tu m'emmènes à la plage ?

Pour toute réponse, il attrape les clefs de la voiture et nous partons en silence. Quinze minutes plus tard, nous arrivons à Canet plage. Il se gare dans une petite rue à proximité de la place Méditerranée et je sors de la voiture rapidement. Je ne l'attends pas et je crois qu'il comprend que j'ai besoin d'être seule. Je marche sur la place et avance droit vers la plage. Les touristes sont nettement moins nombreux en cette période de l'année et la plage est presque déserte.

Je descends les trois marches qui mènent au sable blanc et fin si caractéristique de Canet. J'avance en regardant droit devant moi. Le vent soulève mes cheveux qui partent dans tous les sens autour de mon visage. L'air iodé entre dans mes narines et je savoure cette odeur si familière qui m'a tant manqué. Arrivée à proximité de l'eau, je m'assois sur le sable et me déchausse. J'enlève mes chaussettes également et me mets à marcher dans l'eau. Elle est froide et vivifiante à la fois. Passé le coup de la surprise, j'avance lentement, les mains dans le dos en direction du port.

Bloquée par les rochers, je ne peux plus avancer, alors je fais demi-tour et rejoins Jules qui m'attend patiemment sur la plage. Couché sur le dos, les lunettes sur les yeux et les mains derrière la tête, il semble dormir. Je me rapproche de lui le plus doucement possible et m'assois les jambes repliées contre ma poitrine. Je fais glisser mes mains dans le sable, les plonge dedans et savoure la fraîcheur mêlée à la douceur. Je trace des sillons avec mes doigts, comme si c'était des râteaux, comme je le ferais avec un mini jardin japonais. Cela m'apaise et me détend un peu.

– Ça va mieux ? me demande-t-il au bout d'un petit moment.

— Non.

— Ah…

— Maman a dit sans le faire exprès une phrase qui m'a blessée.

— Et ?

Je le regarde interdite, surprise par la nonchalance de sa question. Lui qui habituellement me comprend sans que j'aie besoin de parler, semble ne pas comprendre ce que j'ai mal pris ! Faut-il que je lui fasse un dessin à lui aussi ?

— Et elle m'a blessée !

— OK. Elle a été maladroite. Mais, comme tu l'as très bien exprimé, elle ne l'a pas fait exprès. Tu sais, les gens vont faire des bourdes, peut-être même que je ferai une bourde un jour. Et alors quoi ? Tu vas me fuir et partir comme une sauvage à chaque fois ? me demande-t-il en soulevant ses lunettes pour mieux me regarder.

Je reste muette. Il n'a pas tort. J'ai moi-même justifié que maman n'avait pas voulu me blesser. Et pourtant, j'ai fui. J'imagine qu'il me faudra un peu de temps pour arriver à supporter ce genre d'erreur. Je resserre la prise de mes bras sur mes jambes pour contenir la douleur qui me cisaille le ventre et plonge mon regard dans l'étendue bleue devant moi. Les vagues vont et viennent sur le sable en une valse lente presque hypnotique. Je rythme ma respiration dessus et cela m'apporte un bien fou, une certaine sérénité que je n'ai pas ressentie depuis un petit moment.

À côté de moi, Jules attend que je lui réponde. Je finis par lui dire :

— Tu as raison. Mais c'est encore trop frais dans mon cœur pour que j'arrive à gérer ce genre de remarque.

— C'est déjà pas mal. Tu prends conscience qu'un jour, tu le géreras. Une chose après l'autre ma belle, dit-il en se redressant sur ses coudes.

Chapitre 10

Après une semaine dans le sud, il nous faut rentrer. Ce retour aux sources m'a fait du bien. Parler avec maman, mais aussi avec Justine m'a finalement fait énormément de bien. Je suis loin de me sentir comme avant, mais, au moins, la boule dans ma gorge semble avoir diminué et je peux manger un peu mieux.

Justine est mon amie et ancienne collègue des urgences à l'hôpital de Perpignan. Elle a joué un rôle important dans notre couple en envoyant à Mathieu les lettres que Gwen lui avait confiées avant de mourir. Justine est venue nous saluer et a promis de venir me voir prochainement. Je lui souris avant de monter en voiture pour la laisser dire au revoir à Jules tranquillement. Il semblerait que cette semaine ait aussi été bénéfique pour ces deux-là.

Après plusieurs heures de route, Jules s'engage enfin dans l'allée de ma maison. Sa voiture est toujours stationnée devant le garage. En sortant, une sensation bizarre me serre la poitrine. Jules sort mon sac et le sien avec tous les nouveaux vêtements qu'il a dû s'acheter cette semaine, notre voyage n'étant pas prévu. Il s'approche de moi et me demande si ça va aller. Il doit rentrer chez lui et ne s'éternise pas avec moi.

Une fois seule, j'ouvre la porte de la maison et entre. Pas un bruit dans la pièce, pas le moindre signe de présence de

Mathieu. Je m'approche de la cuisine et découvre un mot sur le frigo.

« Vic, je suis reparti en randonnée avec un autre groupe ce matin. Je reviens dans deux semaines, il faut qu'on parle. J'espère que cette semaine t'a fait du bien. Tu me manques… »

Je laisse échapper un soupir, j'avoue que j'espérais le voir et, en même temps, je suis soulagée. Je vais ranger mon sac à l'étage. En passant devant la chambre que nous avions agencée pour Nino, mon cœur se serre. Mais, pour une fois, j'ai le courage de pousser la porte. Les volets sont fermés et l'ambiance est presque fantomatique. Je reste sur le palier n'osant pas troubler le calme de cette pièce. Je reste quelques instants avant de refermer la porte sur cette peine qui est encore bien trop présente.

Une fois mes affaires rangées, je téléphone à ma collègue Claude.

— Ma chérie ! Je suis heureuse de t'avoir au téléphone. Comment te sens-tu ? J'imagine bien que ce n'est pas facile, mais si tu as besoin d'aide, je suis là… Je ne t'ai pas vraiment parlé depuis ce soir-là, mais si tu savais comme je m'en veux…

— Tu n'as pas à t'en vouloir…

Parler de cette nuit-là et de la culpabilité de l'une ou de l'autre ne changera pas l'issue funeste. Alors je change de conversation.

— Je suis prête à reprendre.

— Ah bon ! Tu es sûre ?

— Oui. J'en ai besoin. Ça ne sera pas facile, mais je sens qu'il est temps que je reprenne le travail.

— Bien, je te propose de faire la tournée avec moi demain, comme ça si tu es fatiguée ou que tu as besoin de partir, tu pourras le faire comme tu veux, histoire de redémarrer en douceur.

— Ok, je te rejoins pour 6 heures du matin chez toi.

Je suis satisfaite de reprendre un peu ma vie en main, la conversation que j'ai eue avec Justine dans la semaine m'a fait du bien. Et je sens qu'il faut que j'aille de l'avant, tout doucement, mais sûrement. Le seul hic, je n'ai pas encore conduit ma voiture.

Je sors, regarde ma voiture et la défie du regard.

– Aujourd'hui c'est moi qui gagne ! dis-je en m'avançant vers elle.

J'ouvre la portière, monte à l'intérieur, m'attache et mets le contact. Bon, déjà c'est mieux que la semaine dernière. J'enclenche la marche arrière et fais demi-tour dans l'allée pour sortir de chez moi. Une fois sur la route, je me cramponne au volant tout en continuant d'avancer ; j'ai l'impression d'aller super vite sur la route encore enneigée, alors je freine un peu histoire de ne pas me faire peur une nouvelle fois.

J'arrive bientôt au lieu fatidique de l'accident, il fait encore jour en cette mi-mars et je n'ai pas aussi peur que si je roulais de nuit.

— Continue comme ça et tu vas finir à l'arrêt ! D'ailleurs, tu devrais peut-être respirer un coup, t'es en apnée depuis que tu es partie de chez toi.

— Aaaaahhhh !

Je pile un grand coup, mais la voiture ne fait pas d'embardée comme la dernière fois. Ouf ! Mes mains tremblent et des larmes de terreur coulent sur mon visage. Je tourne la tête et hurle une nouvelle fois. À côté de moi sur le siège passager, Gwen se trouve assise et me regarde amusée.

— Putain, merde je suis morte !

— Hein ?

— Et bien, tu… Tu es là… Et la dernière fois c'était parce que je m'étais cogné la tête et puis pour Nino, mais là… C'est quoi le motif ?

— Le motif ? T'es sérieuse, tu crois qu'il me faut un motif pour venir te rendre visite ?

— Et bien oui !

Je passe ma main tremblante sur mon visage pour essuyer les larmes qui roulent toujours sur mes joues. Folle de rage, je sors de ma voiture. Mais Gwen se matérialise à côté de moi me faisant crier une nouvelle fois.

— Je suis juste venue te soutenir dans ta volonté de conduire à nouveau. Mais ton allure aussi lente m'a exaspérée, alors…

— Alors tu t'es dit, tiens je vais me matérialiser à côté de ma copine histoire de la faire flipper et de provoquer un nouvel accident ! Tu sais quoi Gwen, évite ce genre d'apparition et laisse-moi gérer ma vie comme je peux !

Folle de rage, je démarre au quart de tour et dès que je peux, je fais demi-tour pour rentrer chez moi. Au bout du compte, quand je gare ma voiture, je finis par me dire que, finalement, la conduite je gère.

Peut-être que Gwen l'a fait exprès de me faire peur pile à cet endroit-là !

Je sors de ma voiture et avant de rentrer chez moi je crie :

— T'es vraiment une chieuse, tu sais !

Puis je claque la porte de la maison derrière moi.

*****

La semaine défile assez vite. La routine métro-boulot-dodo s'installe plus vite que je ne m'y attendais. Les patients ont l'air ravis de me revoir et tentent des phrases de soutien qui passent plus ou moins bien selon mon humeur. Mais, dans l'ensemble, je suis plutôt satisfaite.

Après mon dernier patient, je rentre chez moi. Je suis un peu impatiente, car Mathieu est censé rentrer ce soir. Plus de deux semaines sans se voir et tellement de jours sans se parler, j'avoue que je suis assez stressée. Je prends une douche et tente de m'habiller, mais j'ai perdu tellement de poids que je me trouve horrible. Finalement, je décide de partir en ville acheter un ensemble à ma taille.

À mon retour, je suis contente de voir que la voiture de Mathieu est dans l'allée. Je pousse la porte de la maison et suis surprise de trouver la pièce principale plongée dans le noir. Je monte à l'étage et entends l'eau couler dans la salle de bains, je décide de le laisser prendre sa douche tranquillement. Je m'apprête à descendre dans le salon, mais, en passant devant la chambre du bébé, comme j'en ai désormais pris l'habitude je pousse la porte. Cependant, ce coup-ci, j'ose enfin franchir le pas et entrer dans la pièce. Éclairée par la lumière du couloir, je marche doucement dans la chambre comme pour ne pas réveiller le bébé qui dort. Malheureusement, le petit berceau est désespérément vide. Je passe ma main sur le matelas. Une larme coule le long de ma joue et je me demande intérieurement si un jour j'arrêterai de pleurer.

Soudain, la lumière s'allume et Mathieu entre comme un fou dans la pièce. Surprise, je sursaute et le regarde faire. Les cheveux humides ramenés en arrière dégagent son visage et laissent voir ses yeux verts qui semblent lancer des éclairs. Il s'avance vers la commode et, d'un grand revers de bras, jette tout au sol. Mais il n'en reste pas là, il se retourne et s'en prend au fauteuil à bascule. Il plaque le pied sur le socle du fauteuil, arrache l'accoudoir et l'envoie valser dans la pièce avant de s'attaquer au deuxième. Je suis paralysée sur place. Je le regarde saccager la pièce impuissante. Il se tourne et se rapproche de moi, il me pousse sans violence et s'en prend à présent au lit à barreaux. C'en est trop pour moi. Je me tourne vers lui et pose mes mains sur ses épaules.

— Mathieu, calme-toi…

Il ne m'entend pas et, dans sa rage, il se met à présent à déchirer le matelas. Ses muscles se gonflent et se dégonflent sous la force des gestes et de la fureur. Je tente le tout pour le tout et me glisse entre lui et le matelas, je pose mes mains sur son visage et le force à baisser la tête vers moi.

Quand ses yeux entrent en contact avec les miens, il semble revenir un peu à lui.

— Mathieu, calme-toi, s'il te plaît.

Un sourire sarcastique apparaît sur son visage.

— Me calmer ? Presque deux mois sans se parler. Moi aussi je souffre, j'ai mal à en crever. Tu crois quoi ? Qu'il n'y a que toi qui es triste ? hurle-t-il.

De rage, il déchire le dernier bout de matelas. Puis il se tourne et, telle une bête sauvage, il cherche déjà une nouvelle cible. Je le suis et lui enlève des mains le nouvel objet qu'il tente de casser. Surpris, il pose ses mains sur mon visage et le presse légèrement. Il me regarde, ses yeux sont injectés de sang, on dirait qu'il est possédé. Soudain, il plonge ses lèvres vers moi et s'empare de ma bouche avec vigueur. Son baiser trahit toute la détresse qu'il ressent. Malgré la violence avec laquelle il m'embrasse, je lui rends son baiser et enroule mes bras autour de son cou comme si ma vie en dépendait. Ses mains glissent de mon visage au bas de mon dos et viennent saisir mes fesses. Il les broie et les malaxe avec force sans aucune douceur. Je le laisse faire, car, moi aussi, prise dans la violence de cette étreinte, je plante mes ongles dans son dos, lui rendant chacun de ses gestes coup pour coup. Il me pose au sol quelques instants et m'enlève mes vêtements sans ménagement, puis il arrache son tee-shirt et le jette dans la pièce, avant de me reprendre dans ses bras. Il nous entraîne au sol et nous roulons dans une étreinte passionnée et violente à la fois, au milieu des débris de la chambre du bébé.

Au petit matin, je me réveille à cause du froid. Je tends la main pour retrouver Mathieu, mais je ne le sens pas près de moi. Je me redresse et attrape un bout de tissu qui n'a pas résisté au massacre de l'ours en furie de la veille. Je m'enroule dedans et me dirige vers notre chambre. Elle est vide. Je décide de prendre le temps de me réchauffer sous une bonne douche chaude avant de le rejoindre en bas. Pour la première fois depuis des semaines, je ne suis pas complètement dégoutée par mon corps. Bien sûr, j'ai perdu énormément de poids à force de ne pas manger, mais avec le temps ça reviendra.

En sortant de la douche, je me brosse les cheveux et applique même une crème sur mon visage. Après ce petit intermède au cours duquel j'ai pris le temps de m'occuper de moi, je descends dans la cuisine.

— Mathieu ?

Pas de réponse. Je passe d'une pièce à l'autre sans le trouver. Il n'est nulle part. En revenant par la cuisine, je regarde par la fenêtre et me rends compte que sa voiture n'est plus dans l'allée. Il a probablement dû aller au magasin après cette semaine d'absence.

Je resserre mon gilet autour de mon corps et décide de me faire un café pour bien me réveiller. Dans ma tête défilent les images de nos retrouvailles. Ses mains sur mon corps, ses lèvres sur ma peau, j'avais presque oublié le bien-être que cela procure.

Alors que je porte la tasse à mes lèvres, mon regard tombe sur une feuille de papier posée sur le bar. Je me déplace en tenant ma tasse à deux mains afin de les réchauffer. Mais quand je lis le mot que Mathieu m'a laissé, je laisse échapper la tasse qui explose sur le plan de travail répandant du café sur toute sa surface…

Chapitre 11

— Oui… C'est ce que je te dis… Il est parti !

— Attends, attends ! Ne panique pas j'arrive, me dit Jules en raccrochant le téléphone.

En attendant son arrivée, je m'assois sur le tabouret. Mes épaules s'affaissent sous l'effet du choc que je viens de subir. Effectivement, hier il était en colère, mais je pensais que notre étreinte nous avait rapprochés, qu'on allait pouvoir parler un peu ce matin. Mais non ! Monsieur a décidé de partir.

Son mot est clair :

« Vic, je suis désolé pour hier soir. Je ne sais pas ce qui m'a pris. Ce qui s'est passé dans la chambre, je ne le voulais pas. Je ne voulais pas te blesser, j'ai honte de ce que j'ai fait ! Il faut que je m'éloigne. J'ai besoin de prendre l'air. Je vais m'absenter quelque temps. Je ne te demande pas de me pardonner, je suis impardonnable. Ne cherche pas à me joindre. Mathieu. »

Sérieusement ? Il défonce tout dans la chambre, me fait l'amour avec une fougue et une passion impressionnantes et il s'en va comme un voleur, me plantant là, seule face à une nouvelle douleur à gérer.

— Vic ! Je suis là.

Jules entre dans la maison comme une tornade et vient directement me rejoindre dans la cuisine. Sans un regard, je lui tends le mot tout chiffonné et maculé de taches de café. Il met du temps pour le lire, je suppose qu'il doit le relire plusieurs fois, pour être sûr de ne pas passer à côté d'un indice. Mais, bien vite, il me lance un regard perplexe.

— Il a vidé son armoire.

— Et tu n'as rien entendu ?

— J'étais fatiguée et je ne dormais pas dans notre chambre.

— Vous vous êtes disputés ?

— Non. Enfin, c'est plus compliqué.

Je me lève et lui fais signe de me suivre à l'étage. Arrivée devant la chambre du bébé, je m'arrête sur le seuil pour le laisser constater par lui-même le désastre. Il entre et siffle devant l'ampleur des dégâts. Du bois brisé, des tissus déchirés et de la mousse du matelas jonchent le sol un peu partout. Il fait un tour dans la pièce, ramasse un ou deux bouts de bois un peu surpris et me dit :

— Vous vous êtes battus ?

— Ça va pas la tête ! Il ne me ferait jamais de mal.

— À voir l'état de la pièce, on ne dirait pas.

— Hier, en rentrant, il était sous la douche, alors en l'attendant je suis venue ici. Depuis quelque temps, cela ne me gêne plus de venir là. Mais en sortant de la salle de bains, il a dû mal interpréter ma présence dans cette pièce et il a pété les plombs. Il a tout cassé en m'expliquant qu'il souffre autant que moi. Suite à ça, nous avons fait l'amour ici même. Ce matin au réveil, je pensais que l'on allait pouvoir parler, mais la maison était vide et j'ai trouvé le mot que je t'ai montré posé sur le bar.

Jules se frotte la tête en réfléchissant à ce que je viens de lui dire. Il marche de long en large, enjambant les débris qui jonchent le sol. Je le suis du regard en me tordant les mains de désespoir. Il finit par reprendre la parole.

— Écoute, il a besoin de temps. Tu peux peut-être lui en laisser ? Tu as eu besoin de temps toi-même. Et puis tu sais, face à un événement traumatisant, chacun vit la douleur différemment aussi bien dans la manière que dans le temps. Il te dit avoir besoin de temps ; et bien offres en lui.

Je le regarde perplexe. Je ne m'attendais pas à cette réponse de sa part. Mais il n'a pas tout à fait tort. Toute à ma douleur, je n'ai pas prêté attention à la souffrance de Mathieu. Mon corps ayant vécu ce traumatisme, je me suis attribué le monopole de la douleur sans penser que Mathieu souffrait lui aussi. Pour toute réponse, je fais un signe positif de la tête à Jules et quitte la pièce un peu dépitée.

*****

Les jours passent, les semaines commencent à défiler et je n'ai toujours pas de nouvelles. Martine n'a pas l'air d'en avoir non plus et maman me dit qu'il ne l'a pas appelée depuis des semaines. J'attends en rongeant mon frein, mais cela devient de plus en plus difficile. Le silence de son absence devient de plus en plus oppressant. Je me languis de lui, la chaleur de son regard et de ses bras me manque horriblement. Mes nuits sont agitées et j'ai beau tendre la main, le lit reste désespérément vide et froid à côté de moi.

Moi qui avais besoin de rester seule après la perte de Nino, je me surprends à ne plus supporter la solitude. J'ai beau voir régulièrement Jules et Martine, je n'en reste pas moins seule avec mes doutes et mes interrogations.

Reviendra-t-il ? M'aime-t-il toujours ?

Ces interrogations tournent en boucle dès que je suis seule et me stressent énormément. Malheureusement, personne ne peut me rassurer et je dois composer avec mes doutes et ma douleur, car malgré le temps qui passe, la souffrance liée à la perte de mon bébé ne s'atténue pas. Alors dans la journée j'occupe mon esprit en travaillant. J'enchaîne les jours de garde et, quand je ne travaille pas, je range ma maison de fond en comble pour qu'elle soit nickel au retour de Mathieu. Le problème c'est qu'en vivant seule la maison est vite impeccable. On pourrait croire à une page de magazine spécial habitat. En observant bien la pièce, on peut se demander si quelqu'un vit ici. Une chanson de Jean-Jacques Goldman me revient en tête ou il dit : « *comme dans ces endroits où l'on ne vit pas...* ». N'y tenant plus, je quitte la maison pour rejoindre Jules en ville.

Il vient d'avoir la visite de Justine durant une semaine. Je les ai laissés tranquilles et ne les ai vus qu'une seule fois, les laissant profiter de leur amour naissant.

Depuis notre visite à Perpignan, ils se sont déjà revus plusieurs fois les week-ends. Je suis contente de les voir si bien ensemble. Après cette semaine avec Jules, elle a dû prendre le train pour reprendre le travail et je sais que je le trouverai chez lui sans risquer de le gêner.

Je prends la route, fuyant ma solitude et le vide de cette maison où j'étais censée être heureuse à la base ! J'ai toujours une petite appréhension lorsque je conduis, mais je me donne un coup de pied au cul et me force à avancer. La peur n'évitant pas le danger, il faut bien que je me fasse violence et que je prenne sur moi si je ne veux pas m'enliser chez moi.

Toute à mes pensées, je ne me rends même pas compte que j'ai effectué le trajet qui me sépare de chez mon ami.

Je stationne mon véhicule derrière le sien. Il habite dans le centre du village, non loin de la boutique de Mathieu.

Je jette un coup d'œil à cette dernière sans grand espoir. Vincent, qui tient la boutique presque seul depuis son départ, a ordre de m'appeler si mon beau brun aux cheveux bouclés vient à passer dans les parages. Mais, pour le moment, il ne m'a jamais rien dit, même quand je passe pour l'aider à la gestion des stocks ou des comptes.

Je souffle un coup en enfouissant mes mains dans mes poches et en détournant le regard. À quoi bon me faire du mal ? Cela fait des semaines qu'il ne m'a pas donné signe de vie. Pas même un message sur mon téléphone ! Alors, pourquoi espérer plus aujourd'hui ?

Je monte les deux étages qui mènent à l'appartement de Jules et frappe un léger coup à la porte.

— Entre Vic !

– Comment tu sais que c'est moi ? dis-je en ouvrant la porte, surprise.

— C'est simple, je ne t'ai pas vue depuis des jours…

— Normal, tu passes ton temps avec ma meilleure copine !

— Rectification, je passe du temps avec ma petite amie !

— Ouais bon, si tu veux. Du coup, je vous ai laissé un peu d'intimité. Et vu qu'elle est partie hier…

— Tu t'es dit que la place était libre !

— Non ! Je me suis dit que tu devais te sentir seul. C'est un sentiment que je ne connais que trop bien dernièrement ! Je me suis dit que j'allais t'épargner ça !

– Ton bon cœur te perdra ! réplique-t-il en me tendant une canette de coca.

Je m'en saisis et l'ouvre tout en m'installant sur le canapé. Il me rejoint et prend place sur le bord de la fenêtre face à moi. On boit en silence, Jules regarde par moment en direction de la fenêtre ouverte comme s'il réfléchissait à quelque chose de particulier. Il fait assez bon en ce début mai et c'est agréable de sentir l'air frais du printemps qui s'installe progressivement. Il finit sa canette et part la jeter à la poubelle. Alors qu'il me tourne le dos, il me dit :

— J'ai du nouveau !

– Quoi ? dis-je en bondissant tel Zébulon dans Le Manège enchanté.

— Oh là ! Du calme. J'ai rien de bien concret. Mais hier, j'ai conduit un couple à la gare…

— Et tu les as aidés à descendre de la voiture ou tu as attendu qu'ils aient le cul au sol pour sortir de ta bagnole ?

– Ça, je ne le réserve que pour toi, ma belle ! réplique-t-il d'un ton taquin.

— Très drôle. Bon, passons. Alors, dis m'en plus !

— La dame me parlait d'un refuge de haute montagne où ils ont séjourné une nuit le temps d'une de leurs excursions et il semblerait qu'un bonhomme mal léché se soit occupé d'eux.

— Un bonhomme mal léché ? Elle a rien dit de plus ? Non parce que dans la région, j'en connais plusieurs ! Toi-même parfois, tu sais être bien désagréable !

— Je ne suis jamais désagréable ! s'offusque mon ami.

— Non ! Si peu ! Bon, mais elle a bien dû en dire plus ?

— Non. Si ce n'est qu'il était dommage de voir un aussi beau jeune homme être aussi bougon et qu'elle aurait rêvé d'avoir des boucles aussi belles que les siennes. Ne me demande pas ce que les boucles viennent faire là-dedans, je ne le sais toujours pas…

– Tu sais dans quel gîte c'était ? dis-je en coupant court à ses réflexions à deux balles.

— Normalement, oui.

— Et pourquoi ne me l'as-tu pas dit hier ?

— Parce qu'hier soir, après avoir ramené Justine au train, j'ai fait une recherche pour connaître l'endroit exact du gîte et vérifier qu'on parle bien du même ours.

— Alors ?

Je suis suspendue à son bras, les yeux braqués dans les siens, scrutant la moindre étincelle susceptible de me donner une réponse. Il sourit et semble prendre un malin plaisir à me faire attendre. Je le suspecte de bien s'amuser au passage ! Des nerfs, je tape du pied au sol pour manifester mon impatience. Subitement, il se baisse et attrape sa cheville à deux mains.

— Putain, Vic ! Tu viens de me défoncer la cheville !

— Oups ! Désolée ! Je n'ai pas fait attention que ta cheville était aussi près de moi. Tu as mal ?

— Tu es presque sur mes pieds depuis tout à l'heure ! À ton avis, tu pensais que ma cheville pouvait se trouver où ? Et oui ! J'ai super mal ! Comment une fille si petite peut balancer un coup de pied aussi violent ?

— Oui, bon bref, réponds à ma question avant que je ne te fasse l'autre cheville ! On parle bien du même ours ?

— Si tu me fais l'autre cheville, on risque d'avoir un sérieux problème !

— Pourquoi ?

— Parce que c'est lui ! Et que je suppose que tu vas vouloir y aller ! Et c'est au même endroit que l'hiver où vous vous êtes rencontrés, alors tu vas avoir besoin de moi.

— De la rigolade ! Je n'ai pas besoin de toi ! Je te rappelle que je l'ai fait en plein hiver comme tu viens justement de le dire. Alors là, sans la neige… Je te le fais les doigts dans le nez ! dis-je en prenant déjà la direction de la porte.

– Et tu vas où comme ça ? demande Jules en prenant place dans son canapé, toujours en se frottant la cheville.

– Et bien, le rejoindre ! lui dis-je déjà, la main sur la poignée de la porte.

— Ah non ma petite dame ! Vu l'heure qu'il est, c'est hors de question ! On va s'organiser et s'équiper, et demain matin on partira le rejoindre.

Il n'a pas tort. J'ai beau avoir déjà fait cette randonnée, je sais qu'il est bien trop tard pour envisager une expédition de la sorte à cette heure-là. Alors, je rejoins Jules sur le canapé et m'installe à côté de lui pour lister tout ce dont on aura besoin.

Chapitre 12

Je n'ai pas dormi de la nuit ! J'ai tourné et viré dans la maison sans pouvoir trouver le sommeil. Après avoir listé tout ce dont on avait besoin, nous avons fait un tour à la boutique, où Vincent nous a aidés à trouver ce qu'il nous manquait. Ensuite, je suis rentrée à la maison, avec pour consigne de me reposer.

Tu parles que je risque de me reposer ! Je suis aussi impatiente qu'une adolescente qui attend de revoir son amoureux après les grandes vacances ! Pour tenter de m'occuper, j'ai pris un grand bain et je me suis lavé les cheveux. Puis j'ai fait un brushing, histoire d'être au mieux demain pour revoir Mathieu. Malheureusement, cette occupation a été vite finie et depuis je tourne comme une lionne en cage.

Mon sac est prêt, il ne manque plus que le soleil se lève pour pouvoir partir. J'en suis déjà à quatre cafés quand Jules s'engage dans l'allée. Je bondis et saisis mon sac qui m'attend dans l'entrée depuis hier soir. J'ouvre la porte alors que Jules descend de sa voiture avec ses éternelles lunettes de soleil vissées sur la tête.

— T'es déjà prête !

– Je suis prête depuis hier, je te signale ! dis-je en jetant mon sac sur mon dos et en fermant la porte derrière moi.

Jules me regarde passer perplexe alors que je m'avance vers le coffre de sa voiture. Je lève la tête pour voir pourquoi il ne m'ouvre pas ce dernier, mais il a toujours cet air ahuri sur le visage.

— Bin alors, tu ne m'ouvres pas le coffre ?

— Euh si ! Mais je pensais que tu allais au moins m'offrir un café.

— Je suis sûr que tu en as déjà bu un chez toi. On n'a pas de temps à perdre.

Je balance mon sac dans la voiture et pars rejoindre le siège passager. Je grimpe dans le véhicule alors que Jules continue de me regarder sans bouger. C'est bien le jour pour choisir de se transformer en statue, tiens ! Afin de le faire réagir, je me penche en avant et actionne le klaxon avec vigueur. Il sursaute et ouvre la portière conducteur pour me rejoindre. Je lui lance mon plus beau sourire et attends qu'il démarre. Mais il semblerait que la connexion ne soit pas faite jusqu'au bout puisqu'il garde la main sur la clef sans la tourner.

Je tente de le faire réagir en mimant le geste qu'il doit faire, mais je n'ai pas plus de réactions. Je finis par claquer des doigts devant ses yeux pour le faire réagir. Il secoue la tête alors que je lui demande :

— Tu planes ? Tu penses à quoi ?

– À toi ! répond-il en souriant.

— À moi ?

— Oui ! Je suis content de retrouver un peu de la Victoria qui a débarqué dans notre vie telle un boulet de canon il y a plus d'un an et demi. Je dois t'avouer que j'avais peur de ne plus jamais la revoir.

Je détourne la tête, gênée. J'arrive à sourire depuis quelques semaines, mais, à chaque fois, j'éprouve une certaine culpabilité à avoir un sentiment de bien-être alors que mon bébé n'aura jamais cette chance-là ! La main de

Jules passe sous mon menton et tourne mon visage de son côté.

— Ne sois pas triste ou mal à l'aise. Malgré la douleur, la vie reprend son cours. Tu auras toujours mal au fond de toi, mais il va falloir que tu apprennes à vivre avec…

Je le regarde interdite, il a toujours les mots justes pour m'aider à me sentir mieux. Je lui souris en silence et l'on reste un instant ainsi. J'en profite pour repenser à mon magnifique bébé et je me dis qu'il n'aimerait sans doute pas avoir une maman aussi triste.

Je me cale au fond de mon siège en lançant à tue-tête pour faire réagir mon ami :

— Chauffeur, si t'es champion, appuie « e » appuie « e », chauffeur si t'es champion, appuie sur le champignon !

Il rit de bon cœur et tourne enfin cette fichue clef de contact. La voiture s'ébranle et prend la route pour rejoindre le départ de la randonnée. Je regarde défiler le paysage en écoutant la chanson qui passe à la radio. La voix d'Axelle Red emplit l'habitacle et me donne des frissons alors qu'elle chante « *Parce que c'est toi* ». J'écoute les paroles de cette chanson comme un bon présage au but de ma journée. Une larme s'échappe de mon œil et roule le long de ma joue en silence. Pour que Jules ne la voie pas, je tourne la tête un peu plus vers la fenêtre et fixe mon attention sur la nature.

Le ciel bleu a quelques nuages blancs par-ci par-là et les cimes des sapins ressemblent à s'y méprendre à des pinceaux qui viennent dessiner ces petites formes cotonneuses sur la toile bleue que leur offre le ciel. Je souris en pensant à cette métaphore et me concentre pour voir la forme que prend le nuage blanc au-dessus de ma tête.

Je finis par y distinguer le profil d'un petit chien. À moins que ce ne soit un dragon ?

Toute à mes pensées, je ne vois pas la route passer et rapidement, Jules gare la voiture sur le parking. Je descends du véhicule en m'étirant tout en regardant autour de moi. J'ai beau lancer des regards de tous les côtés je ne reconnais pas la route. Je rejoins mon ami, un peu surprise.

— Y'a un problème ?

— Oui et non. En fait, dans mon souvenir, le début de la rando n'était pas comme ça. Par exemple, la côte qu'il y a là-bas, je ne m'en souviens pas !

— Normal. Tu ne l'as pas gravie ! me répond-il en passant son sac à dos.

— Pourtant, tu as dit que nous allions au même endroit !

— Oui, c'est ce que j'ai dit.

— Alors pourquoi on ne commence pas au même endroit ?

— Parce que la dernière fois tu avais un chauffeur plutôt sympathique qui a eu la gentillesse de te déposer au plus près de la piste !

— Et qu'est devenu ce chauffeur sympathique ? répliqué-je sur le même ton en passant mon sac sur mon dos.

— Il est devenu à son tour randonneur ! Et il ne peut pas laisser sa voiture n'importe où… Du coup, notre petite excursion gagne environ cinq kilomètres de plus ! Alors, heureuse ?

— Je ne suis pas sûre que c'est l'adjectif que je choisirais… Mais je n'ai pas un choix énorme, alors…

– Ne râle pas et avance, je sens que la route va être longue ! dit-il en commençant à partir.

Je le regarde faire désemparée mais, voyant qu'il ne m'attend pas, je cours quelques instants pour le rejoindre. Il fait mine de sursauter quand j'arrive enfin à le rattraper. Je suis à bout de souffle et crache toutes les cigarettes que je n'ai jamais fumées. Il me regarde en souriant et me dit :

— Et sinon ? Comment ça va ?

Pour toute réponse, je pose les mains sur mes genoux et cherche quelques instants ma respiration. Celle-ci semble ne pas vouloir revenir. Ma gorge brûle un peu, l'air est encore un peu frais en ce mois de mai et il me glace la gorge. Jules s'arrête à son tour et rigole :

— Putain, on n'est pas rendu ! Et on n'a même pas atteint le point de départ de votre randonnée de la dernière fois !

— Très drôle !

— Non, non ! Je ris jaune, je te jure.

— Et bien en attendant, avance petit poussin !

Fière de ma vanne à deux balles, je reprends la route sans attendre mon ami, tout en étant étonnée de retrouver aussi facilement ma répartie. J'avance aussi vite que mes petites jambes me le permettent. De toute façon, il est aussi grand que mon chéri et n'aura donc aucun mal à me rattraper.

Au bout de ce qui me semble être une éternité, je demande à Jules de faire une pause. Je laisse glisser mon sac au sol et me saisis d'une bouteille d'eau. Je bois en fermant les yeux et en savourant le liquide frais qui coule dans ma gorge. Puis, je mange une barre au chocolat en contemplant le paysage autour de moi.

Je n'ai jamais refait cette randonnée depuis la dernière fois et je dois dire que la nature ici est tout aussi merveilleuse en été qu'en hiver ! Les arbres qui étaient alors d'un blanc pur sont à présent d'un vert lumineux.

Dans le ciel, les oiseaux volent au-dessus de nos têtes et poussent de petits piaillements adorables. Quant à l'herbe sous mes pieds, elle est verte et douce comme de la soie. De petites violettes poussent de-ci de-là et donnent une touche de couleur dans tout le vert qui m'entoure. Je me baisse pour en cueillir une et inspire profondément son parfum en fermant les yeux pour en capter tout l'arôme. Je savoure avec plaisir ce moment de plénitude que m'offre la nature.

— Quand tu auras fini de snifer l'herbe, on repartira ! J'aimerais bien arriver au refuge avant la nuit. J'ai pas envie de me faire bouffer au clair de lune.

Je reprends mon sac que je hisse sur mes épaules douloureuses et passe devant Jules en le narguant :

— Oh, oh ! Monsieur aurait peur du grand méchant loup ? Allez, rassure-toi, d'après Mathieu il n'y en a pas dans la région. Et puis, qui aurait envie de te croquer ? dis-je sur un ton taquin.

— Et bien, Justine ! L'autre nuit, elle m'a fait un truc de fou avec sa bouche figure-toi et j'en suis encore tout retourné…

— Oh Jules ! dis-je en criant et en me bouchant les oreilles, visualisant déjà dans ma tête des images que je ne veux pourtant pas voir.

— Bah quoi ? C'est toi qui as demandé ! répond-il en passant devant amusé.

Je le suis à distance en essayant de penser à autre chose alors qu'il siffle tranquillement comme si de rien n'était.

*****

Comme la première fois, le temps semble jouer contre moi. Les heures défilent et j'ai l'impression de ne pas avancer. On est déjà en milieu d'après-midi et je ne vois toujours pas l'ombre d'un refuge à l'horizon. Je tente de me distraire en regardant le paysage autour de moi, mais l'impatience commence à me gagner. Jules évolue devant moi, les mains dans les poches, alors que, derrière lui, je peste et sue comme une bête. C'est incroyable ! Lui qui est toujours vissé derrière son volant s'avère être bien plus sportif que je ne le pensais !

Agrippée au bâton de randonnée que j'ai trouvé sur le chemin, je tente de maintenir la cadence qu'il m'impose. Mes jambes tirent et mon souffle devient de plus en plus court. Je finis par me laisser tomber au sol, roulant sur le dos en prenant appui sur mon sac.

— Et bien ! Qu'est-ce qui se passe ? s'informe Jules en se rendant compte que je ne le suis plus et en revenant sur ses pas. Je croyais que tu étais capable de faire cette randonnée sans moi !

— C'est à cause des kilomètres que tu m'as obligée à faire en plus, tout ça pour que ta voiture soit bien garée.

— Oh, c'est moche la mauvaise foi !

— Ouais, ben t'auras que ça à regarder, j'ai rien de mieux à t'offrir !

Je profite de cet instant de répit pour contempler le ciel bleu. Me revient alors en mémoire ma chute sur le dos après m'être adossée avec ma douceur légendaire au sapin plein de neige lors de ma randonnée avec Mathieu. Mais aujourd'hui, il ne sera pas là pour m'aider à me relever. Au bout de quelques minutes, je suis obligée de me résigner à me lever par moi-même, je commence à me balancer de droite à gauche pour donner assez d'impulsion à mon corps pour pouvoir me relever. J'ai beau prendre de l'élan, rien n'y fait, je reste clouée au sol.

— Et est-ce qu'il t'est seulement venu à l'esprit de retirer les bras de ton sac à dos pour pouvoir te relever plus facilement ? s'informe Jules goguenard en me regardant appuyé au tronc d'un sapin non loin de moi.

Devant mon air surpris, il comprend que cela ne m'est même pas venu à l'idée. Il secoue la tête exaspéré et reprend alors que je suis en train d'exécuter la manœuvre qui, semble-t-il, n'est pas mauvaise du tout :

— Y'a des fois Vic, je te jure qu'on se demande comment tu as pu faire pour réussir des études d'infirmière !

— Et toi ? Comment fais-tu pour être aussi peu gentleman ? Tendre la main pour me venir en aide ne t'a pas non plus traversé l'esprit !

— Et me priver du spectacle que tu m'offres ! Certainement pas ! Tu ne me paies pas pour cette balade ! Alors je compte bien en tirer profit comme je peux ! réplique-t-il en reprenant la route.

Je souffle de dépit tout en remettant mon sac sur le dos et en reprenant cette randonnée qui n'en finit plus !

Chapitre 13

Enfin ! Je vois au loin le petit point noir que Mathieu m'avait montré fièrement à l'époque. Je suis soulagée de voir enfin le bout de cette rando qui m'a coûté bien plus que je ne le pensais ! J'ai le ventre noué de stress à l'idée de revoir mon chéri. Quelle sera sa réaction ? Sera-t-il heureux de me voir ? Je dois avouer que cela doit bien faire une heure que je passe dans ma tête toutes les éventualités auxquelles je risque de faire face.

Le cœur battant la chamade, j'avance sans trop savoir si c'est lié à la difficulté de la marche ou à l'appréhension des retrouvailles. Je gravis la montagne en me concentrant sur mes pieds. Autant en hiver il faut donner des coups dans la neige pour planter les pieds dedans afin de monter la pente, autant aujourd'hui je dois faire attention où je pose les pieds pour ne pas glisser sur un caillou et risquer de me tordre une cheville.

Devant moi, Jules gravit les étapes comme un parcours de santé et se retourne régulièrement pour voir si je suis, sans pour autant ralentir le pas. Bientôt, je ne le vois presque plus, mais je ne m'inquiète pas, je sais que le gîte n'est pas loin et qu'il m'attendra là-haut.

Je continue ma progression et aperçois enfin la terrasse du bâtiment. Quand j'arrive à rejoindre Jules, il est assis devant un verre de sirop qui semble bien frais. Je jette mon sac par terre sans ménagement, celui-ci émet un bruit sourd qui fait se retourner les quelques personnes attablées à la terrasse et qui profitaient jusque-là du silence de la montagne. Sans me soucier de leurs regards mécontents, je pose les mains sur mes hanches et contemple la vue imprenable qui s'offre à moi. Le soleil est en train de se coucher et change la couleur de la nature progressivement. J'avais adoré ce paysage couvert de neige, mais je dois avouer qu'il est encore plus beau avec toutes ces couleurs qui changent au fur et à mesure de la progression du soleil dans le ciel.

— Alors, satisfaite ? demande Jules après avoir estimé que j'avais assez contemplé la nature.

— Bien sûr ! dis-je en attrapant son verre et en le buvant d'un trait.

— Bah vas-y, fais comme chez toi ! De toute façon je m'en fous, tu connaîtras toutes mes pensées comme ça !

Je lui fais un clin d'œil et une grimace, car, au niveau des pensées, je crois que j'ai déjà eu ma dose avec les détails qu'il m'a donnés tout à l'heure sur ses ébats avec Justine. En reposant le verre sur la table, je commence à regarder autour de moi si je ne vois pas un grand brun aux cheveux longs.

— Pas la peine de te dévisser la tête comme ça ! Je me suis déjà renseigné, il n'est pas là.

— Quoi ? On s'est tapé toute cette marche pour rien ! dis-je, déçue et à bout de nerfs.

— Non ! Pas pour rien ma belle. Pour la beauté du paysage ! dit-il amusé.

Je le regarde super déçue et m'assois face à lui complètement dépitée. Avoir parcouru tant de kilomètres en pleine montagne dans l'espoir de retrouver l'homme de ma vie après tant de silence et de distance, et tout ça pour rien. Je dois bien avouer que c'est une sacrée claque.

Les yeux perdus dans le vide, je me maudis intérieurement d'avoir laissé la situation se dégrader autant entre nous. Le banc bouge légèrement à côté de moi et un bras vient entourer mes épaules. Je tourne la tête et retrouve Jules qui me regarde avec compassion.

— Pleure pas, ma belle ! Il va revenir !

– T'as l'air bien sûr de toi ! dis-je en essuyant rageusement une larme sur ma joue.

— Il sera là demain d'après le gérant du gîte.

— Ah bon !

Je sens l'espoir revenir en moi. Je regarde mon ami avec des yeux de chat qui réclame une goutte de lait dans l'espoir qu'il m'en dise plus. Je dois parvenir à faire la mine adéquate, car il me regarde amusé et me répond :

— Il est seulement parti récupérer un groupe de randonneurs. Le gérant est catégorique, il sera là dans la journée.

Le cœur bien plus léger, je le remercie et commence enfin à me détendre un peu. Je suis toujours dans l'angoisse de sa réaction en me découvrant demain, mais, en même temps, il ne me laisse pas d'autre choix que de le mettre devant le fait accompli, puisqu'il ne nous a laissé aucun moyen de le joindre.

Pendant que Jules organise notre nuit dans le gîte avec le directeur, je contemple la vue qui s'offre à moi. Plein de souvenirs me submergent. Gwen me manque tout à coup. Dire que j'étais venue là pour elle, pour que son âme trouve le repos après cette lutte acharnée contre la maladie. Finalement, c'est moi qui ai trouvé la paix dans mon cœur durant cette ascension. Avant de me retrouver seule avec

Mathieu dans la montagne, je savais que j'étais triste après tout ce que j'avais vécu, mais je ne me doutais pas que j'étais si malheureuse ! Cependant, je suis redescendue de cette montagne bien plus sereine et légèrement amoureuse de mon beau guide grognon !

– Tout est arrangé ! lance Jules en venant s'appuyer à la rambarde, me faisant sursauter au passage.

— Tant mieux. Je dois bien avouer que cette journée m'a épuisée.

— Je croyais que tu voulais la faire sans moi ! Et que tu étais censée la faire limite les doigts dans le nez normalement ?

— Ah, ah ! Très drôle ! C'est vilain de te moquer de moi ! Tu devrais faire attention à ton karma !

— En attendant, viens que je te montre ta chambre, princesse !

Je le suis dans le gîte. Par rapport à ma dernière visite, la pièce n'a pas changé, si ce n'est le monde et le bruit qui règnent dans la salle de vie. Des casseroles qui s'entrechoquent indiquent que le repas du soir est en cours de préparation. En entendant ce bruit, mon estomac se réveille et émet un petit grondement peu gracieux. Jules me regarde l'air de dire que j'exagère, mais mon dernier vrai repas remonte à la veille et encore, si on considère un paquet de chips et du pain trempé dans l'eau comme un repas. Je hausse les épaules et commence à monter l'escalier.

Le dortoir est déjà occupé par des personnes alors je dépose mon sac devant le lit vide. Jules fait la même chose et prend le lit au-dessus du mien. Le fait de dormir avec des inconnus me plaît moyennement, mais je n'ai pas trop le choix, alors à la guerre comme à la guerre… J'espère juste que personne ne pue des pieds !

Je fais part de ma pensée hautement philosophique à Jules tout en descendant les marches pour rejoindre la pièce de vie. Il se fout ouvertement de ma gueule, comme si ce que je disais pouvait être saugrenu. Tout en riant, il se cogne violemment la tête contre la poutre dans l'escalier. Je passe à côté de lui en souriant alors qu'il se frotte vigoureusement le crâne pour faire disparaître la douleur.

— Le karma ! lui susurré-je en passant.

– La taille ! réplique-t-il sur le même ton.

— C'est venu de si haut que ça me passe par-dessus la tête et je ne t'entends pas !

— Normal, t'es toute petite !

C'est en nous chamaillant que nous rejoignons les autres pour le repas du soir.

Il y a plusieurs tables et nous rejoignons celle que l'on nous indique. En entrée, on nous sert une soupe et je suis plutôt ravie, car il ne fait pas bien chaud. Puis, vient une sorte de ragoût avec une viande super tendre. Je dévore mon assiette comme si je n'avais pas mangé depuis des semaines. En même temps, en y réfléchissant bien, je n'ai pas vraiment mangé dernièrement, je me suis plutôt contentée d'assurer ma survie. Je mangeais sans même me rendre compte du goût des aliments. Du coup, je savoure ce repas en fermant les yeux.

— Agréable de manger avec toi, dis donc ! Je mangerais face à un mur, ça ferait pareil ! bougonne Jules.

— Pardon ! Mais c'est trop bon.

— Mouais.

Je ris et il me répond en souriant. C'est impressionnant la place qu'il a prise dans ma vie depuis la mort de Nino et surtout depuis le départ de Mathieu. Et dire que je l'avais trouvé détestable lorsque nous nous sommes rencontrés. Et maintenant, c'est à celui qui fera la meilleure vanne et c'est plutôt appréciable.

— Tu penses à quoi ?

— À toi. Enfin, à notre rencontre. Jamais je n'aurais pensé que tu serais si gentil et si bon avec moi. Tu me comprends tellement bien parfois. C'est à se demander si tu n'as pas toi-même vécu un drame.

Il me regarde sans dire un mot, se recule sur sa chaise après avoir fini son assiette et se passe une main dans les cheveux avant de me répondre.

— Mon frère.

— Pardon ?

— Il était skieur de haut niveau.

— Était ?

— Il est mort… Quand j'avais 15 ans.

— Oh mon dieu ! Je ne savais pas. Pardon, je suis désolée…

— Désolée de quoi ? Il n'y a pas à être désolée.

— Je peux te demander comment…

— Comment c'est arrivé ? Bêtement, comme la majorité des accidents.

Ses yeux se voilent légèrement alors qu'il repasse dans sa tête l'accident de son frère.

— Il faisait beau ce jour-là. C'était au mois de décembre, la veille de Noël plus précisément. Mon frère, en grand casse-cou, a décidé d'aller faire du ski, mais au lieu de se contenter d'une piste noire, il a décidé d'aller faire du hors-piste tout seul. Le manteau neigeux n'était pas stable et tu te doutes de la suite. Il y a eu une avalanche et il s'est fait emporter.

Quelle horreur ! Je plaque ma main sur ma bouche pour étouffer un son qui ravive la douleur dans ma gorge. Je ne veux pas parler pour le laisser finir de raconter son histoire.

— On l'a cherché durant des jours. Sa balise, pour je ne sais quelle raison, n'a pas fonctionné. Quand enfin les pisteurs l'ont retrouvé, il était trop tard. Mais au moins, on a eu un corps sur lequel se recueillir.

Il prend son verre d'eau et en boit plusieurs gorgées, comme pour faire passer ce qu'il vient de me raconter. Il inspire profondément avant de reprendre.

— Mes parents ont été dévastés. La douleur, la culpabilité, la rancœur… Tous ces sentiments légitimes n'arrivent pas en même temps et ce n'est pas facile à gérer. En plus, leur couple battait de l'aile avant le drame… Alors la perte de Christian n'a rien arrangé. Mon père a très vite quitté la maison et même notre vie, d'ailleurs. Aux dernières nouvelles, il s'est remarié. Ma mère est en dépression depuis et ne fait plus grand-chose. Elle refuse de fêter Noël ou toute autre fête, comme si sa vie s'était arrêtée. Je lui en veux un peu pour ça. Car moi, je suis toujours là… Mais cela ne lui suffit pas et je peux l'entendre, mais pas le comprendre.

— C'est pour ça que tu m'as si bien comprise. Souvent, tu mettais exactement les bons mots sur mes maux et cela m'a fait un bien fou. Et je me suis parfois demandé comment tu pouvais trouver le mot si juste au bon moment. Maintenant, je sais pourquoi.

Il me sourit d'un air un peu triste. Je tends la main et me saisis de la sienne pour lui apporter un peu de réconfort.

— C'est aussi parce que votre histoire m'a touché que j'ai trouvé les bons mots. Tu as redonné vie à mon ami.

Depuis que tu as débarqué dans nos vies, tu as apporté un vent de légèreté et de fraîcheur. Mathieu t'aime très fort tu sais, et vous voir si mal me fait de la peine. Mais je pense que vous vous aimez assez fort pour surmonter la perte de Nino et avancer main dans la main.

Son aveu me fait chaud au cœur. On reste un moment silencieux, comme pour digérer aussi bien le repas que tout ce qui vient d'être dit, puis nous quittons la table pour rejoindre notre chambre. Une bonne nuit de sommeil nous fera le plus grand bien.

Chapitre 14

J'avais raison ! Dormir dans le dortoir d'un refuge de haute montagne présente des risques ! Une paire de pieds qui a mariné dans des chaussures de randonnée toute la journée ça pue ! Mais ce n'est rien comparé à plein de paires de pieds qui ont subi le même traitement ! Une infection ! J'ai eu beau mettre mon nez dans mon sac de couchage, il n'y a pas eu moyen de me protéger de l'odeur, pourtant dieu sait que j'en ai déjà supporter dans mon métier, mais là... En plus, Jules a remué toute la nuit en dormant, il a tellement fait bouger notre lit que j'ai bien cru qu'il allait le casser. Alors, à 7 heures du matin, n'y tenant plus, je suis sortie discrètement de la pièce pour aller respirer l'air frais.

Emmitouflée dans mon pull à capuche, je regarde la nature s'éveiller doucement devant moi. Je guette sur la montagne face à moi la présence éventuelle d'animaux sauvages. Mais pour le moment, tout reste bien calme. Par moments, je regarde aussi en contrebas pour vérifier si je ne vois pas un groupe de randonneurs arriver, accompagné d'un guide brun à l'air renfrogné.

Malheureusement, tout reste bien calme à l'horizon. Ce qui n'est pas le cas au refuge. Un premier randonneur descend l'escalier, très rapidement suivi des autres. Chacun semble avoir bien dormi et personne ne se plaint de la puanteur. Si l'odeur ne restait pas gravée dans mon nez, je pourrais presque croire que j'ai rêvé. Mais quand l'un des occupants du dortoir vient prendre place à côté de moi pour boire son café, je sais que je n'ai pas rêvé et, à l'évidence, il n'y a pas que les pieds qui puent chez lui ! Je regagne rapidement la salle commune en apnée et prends à mon tour un café avant de sortir du bâtiment pour atteindre un gros rocher qui surplombe le chemin par où est censé arriver mon chéri.

Au bout d'un moment, Jules vient me rejoindre.

— T'es consciente qu'il n'est pas près d'arriver encore ?

— Tu crois ?

— J'en suis sûr. Le temps de montée est plus long pour un groupe ! Regarde le temps qu'on a mis hier…

Je pose ma tête sur mes genoux, dépitée.

— Bah, fais pas cette tête, me dit-il amusé.

— Si ! Dans la montagne, le temps est toujours hyper long !

— Je pense que le temps est suspendu. Normal d'ailleurs. Qui a envie de regarder sa montre ici ?

— J'ai envie de te répondre : moi !

— Oui bon ! Mais ça, c'est juste parce que tu attends ton amoureux…

On reste assis en silence un moment avant qu'il ne se lève en me disant :

— Je vais aller me balader un peu et tenter de trouver du réseau pour joindre Justine. Ça va aller ?

— Oui, oui. Merci, ne t'en fais pas pour moi.

Je le regarde partir, il semble tranquille et complètement détendu. Tout mon contraire quoi ! Je suis assise sur ce putain de rocher qui me fait mal au cul depuis deux heures et j'attends comme une andouille un mec qui m'a plantée depuis bientôt deux mois. Je me suis déjà rongé tous les ongles des mains et je commence à présent à gratter la pierre avec une autre pierre pour passer le temps.

Le bruit régulier que je fais avec le caillou me berce et la chaleur du soleil de ce début mai fait le reste. Je finis par me coucher en boule sur mon rocher et je sombre progressivement dans le sommeil.

— Enfin !

— Mon Dieu, j'ai cru qu'on n'arriverait jamais.

Des voix venues de loin me tirent de mon sommeil. J'ouvre les yeux et regarde qui me dérange. Je suis toujours couchée, mais je peux voir évoluer en contrebas un groupe de moins de dix personnes. Je suis prête à me relever quand j'entends des gloussements ! Je me redresse légèrement, juste assez pour voir qui rigole comme une « pouffe » de télé-réalité. Je me lance en vision mode scanner et trace le rire jusqu'à découvrir à qui il appartient.

Elle est grande, blonde et rit à gorge déployée, le tout en se tenant au bras de…

– Mathieu ! dis-je dans un souffle.

Je me tapis un peu pour les voir arriver tout en restant cachée. Je m'étais imaginé plusieurs scénarios de retrouvailles, mais je dois avouer que, celui-là, je ne l'avais pas du tout prévu ! Alors que je les regarde avancer, je ne peux m'empêcher de penser que ma vie est un éternel recommencement ! Il est toujours question d'un mec et d'une bimbo ! Elle marche à ses côtés et s'accroche à son bras régulièrement tout en criant son nom d'une voix stridente qui m'horripile. Dommage qu'on ne soit pas en hiver, avec tout ce raffut elle aurait provoqué une avalanche qui l'aurait emportée !

— Math ! Oh là, là ! Heureusement que tu es là ! clame-t-elle en se suspendant un peu plus à son bras.

— Allez, on y est presque les filles ! les encourage-t-il gentiment.

D'ailleurs les filles ? Non, mais attends ! Dites-moi que je rêve ! En y regardant de plus près, effectivement, il n'y a que des filles dans son groupe de randonneurs ! Non, mais j'y crois pas ! Monsieur-je-m'en-vais-parce-que-j'en-ai-besoin se ressource avec des filles toutes plus belles les unes que les autres pendant que moi je me morfonds toute seule dans notre maison, sans aucune nouvelle de lui !

Je me tapis un peu plus sur mon rocher pour ne pas me faire remarquer. Ils sont à présent juste en dessous de moi et je ne pense pas être en bonne posture pour faire face à Mathieu. Surtout accompagné de toutes ces midinettes qui lui reluquent les fesses sans aucun scrupule !

Je prends le temps de le détailler aussi. Les deux mois à faire du sport intensif ont encore plus musclé son corps ! Ses fesses dans son pantalon de rando sont juste à tomber et je dois bien avouer que je ne peux pas en vouloir vraiment aux filles de le reluquer. Mais comme je suis de mauvaise foi, je décide de leur en vouloir et de toutes les détester !

Quand ils arrivent au gîte, je descends de mon perchoir et continue de me cacher pour évaluer la meilleure façon de me présenter à Mathieu. Je m'accroupis dans l'herbe et vois le groupe s'installer à une table alors que Mathieu entre dans le bâtiment pour aller récupérer de quoi s'hydrater.

Je n'en reviens pas ! Quand j'ai fait la rando avec lui, il me l'avait joué bougon et limite homme des cavernes et là, il la leur fait grand prince, je te donne mon bras pour avancer, je t'encourage et en plus je te fais le service à table !

Tout occupée à maugréer depuis ma cachette, je n'entends pas Jules revenir. Il se couche à plat ventre à côté de moi en me faisant sursauter et me demande en chuchotant :

— T'es en mode sniper ?

— Jules ! Tu m'as fichu une de ces trouilles !

— Qu'est-ce que tu fais ?

– Rien ! dis-je de mon air le plus innocent.

— Ouais, à d'autres...

— Non, non ! J'avais chaud sur le rocher, alors...

— Alors tu t'es dit, je vais me mettre accroupie par terre ça sera tellement mieux et plus confortable que d'aller m'installer dans le gîte !

— Ah, ah ! Très drôle.

Un nouveau rire attire mon attention et je reporte mon regard sur la terrasse. À présent, Mathieu est assis au milieu du banc, entouré par tout son harem, et la blonde toujours suspendue à son bras. De rage, j'en arrache une violette qui poussait juste devant moi et la jette plus loin. Le rire parvenant toujours à mon oreille m'énerve un peu plus et je cherche déjà autre chose sur quoi passer mes nerfs. Mon regard se pose sur la main de Jules, juste à côté de moi. Il plie les doigts et me regarde en disant :

— N'y pense même pas.

— Quoi ?

— À m'écraser les doigts. Tu crois que je ne t'ai pas vue faire ?

— Non, mais j'ai les nerfs ! Il faut que je me défoule, sinon je vais m'énerver.

— Au lieu de t'énerver, détends-toi et respire. C'est peut-être pas ce que tu penses. Il bosse là !

— Oh oui ! Quel travail difficile de conduire « Pétasseland » à la montagne !

— Tu n'es pas sympa. Elles sont peut-être très gentilles !

— Gentil n'a qu'un œil ! Bon, je fais quoi du coup ?

– Et bien, tu vas le voir ! répond-il simplement.

Je regarde à nouveau la terrasse et évalue la situation avant de répondre :

— Bien sûr ! Je me vois bien me pointer devant lui après tout ce silence et lui dire : « salut, Mathieu, c'est moi, ça va ? » avant de m'asseoir entre l'une de ces filles et lui !

— Et pourquoi pas ? répond Jules du tac au tac.

— Parce que ce n'est pas comme ça que j'avais prévu les choses.

— Oh oui ! J'imagine bien ! Lui qui gravit la montagne, toi appuyée à la rambarde de la terrasse, il te voit, séquence au ralenti, lui qui lâche son sac et court vers toi, toi qui cours vers lui… Et bisous, bisous dans les bras l'un de l'autre, alors que vous tournez, toujours au ralenti !

Je le regarde énoncer l'idée tout en nous mimant avec ses doigts. Je me renfrogne en voyant qu'il se fout ouvertement de ma gueule, surtout qu'il joue avec le premier scénario que j'avais imaginé. Il rigole en voyant qu'il a touché dans le mille et me tapote l'épaule :

— Ça, c'est ce qui se passe dans les films, ma belle ! Ici, on est dans la vraie vie !

— Ouais, ben le scénario me plaît pas ! dis-je en croisant les bras sur ma poitrine. Je fais quoi moi maintenant ?

— Tu veux mon avis ? Il n'y aura jamais de vrai bon moment. Il va falloir que tu prennes sur toi et que tu y ailles. Mais tu sauras le faire, j'ai confiance en toi.

On regarde une nouvelle fois vers la terrasse. Le groupe est en train de rentrer dans le bâtiment, probablement pour aller prendre possession de leur chambre. Je prie intérieurement pour qu'elles ne soient pas logées dans la nôtre. Jules en profite pour se lever et me tend la main.

Je m'en saisis, j'ai les jambes qui flageolent. J'ai peur et je ne suis plus tout à fait sûre de vouloir faire ce que j'avais prévu. Peut-être que j'aurais dû attendre qu'il se décide à revenir à la maison ?

Chapitre 15

C'est l'heure du dîner et, pour le moment, j'ai réussi à éviter Mathieu. Jules a accepté de se faire discret en attendant que je me sente prête à l'affronter et, d'après ce que j'ai cru comprendre, Mathieu est parti se reposer dans sa chambre. Ce qui me rassure un peu, au moins il ne dormira pas au milieu de toutes ces filles.

Face à la glace dans la petite salle de bains du refuge, je finis de me maquiller. Ce geste me semble superflu, mais je tiens à être un peu jolie pour nos retrouvailles. Et puis, avec toutes ces jolies filles présentes ce soir, autant essayer de ne pas passer pour une miséreuse.

Lorsque je trouve mon reflet acceptable, je rejoins la salle où le repas nous attend. Jules est déjà assis à notre table qui se trouve dans un petit coin de la pièce. Pour le moment, il n'y a personne d'autre et cela me convient bien. Je prends place à notre table dans le silence le plus complet. Mes mains tremblent et je les pose sur mes genoux pour tenter de cacher mon stress. Bien sûr, Jules me connaît très bien et remarque immédiatement ma nervosité. Il me sourit en me disant :

— Tu ne l'as toujours pas vu ?

— Non. Il doit se reposer…

Je n'ai pas le temps de terminer ma phrase qu'un boucan provenant des escaliers m'interrompt. Je me retourne pour regarder débarquer un lâcher de bimbos impressionnant.

Je reste sans voix en les regardant s'installer à leur table, vêtues de petits shorts moulants arborant toutes le même haut très près du corps sur lequel l'inscription « EVDJF » est imprimée en rose Barbie. Elles prennent place sans se soucier de nous et continuent de rire comme des canes. Je détourne le regard et vois que Jules ne perd pas une miette du spectacle qui s'offre à nous. La bouche ouverte, les yeux exorbités, tel le loup fou d'amour pour Betty Boop dans Roger Rabbit, il est complètement absorbé par ce qu'il voit !

Son attitude m'exaspère ! Ils sont bien tous pareils ! Il suffit qu'une bande de filles un peu dénudées débarque et hop, ils perdent tous leurs moyens ! Je décide de le ramener à la réalité en lui administrant un coup de pied sous la table !

– Aïeuuh ! braille-t-il sans aucune discrétion.

Les filles se retournent pour voir d'où provient le bruit et reprennent très rapidement leur installation en voyant qu'il ne s'agit que de Jules.

— Ça va pas la tête ! Tu m'as fait mal !

— Oh ! Pardon ! C'était ta jambe ? dis-je innocemment. J'ai cru que c'était le pied de la table. Je suis navrée ! dis-je en papillonnant des yeux d'un air ingénu.

— Mon œil va ! Tu m'as filé un coup de pied à cause de ces filles !

— Quoi ? Il y a des filles ici ?

Je fais mine de chercher dans la pièce d'un air choqué avant de reprendre :

— Je ne vois pas de filles ici, mis à part moi. Tout au plus, un lâcher de gazelles en chaleur et encore, ce n'est pas gentil pour les gazelles ! Et crois-moi, Justine aurait été là, ce n'est pas dans ta cheville que son pied aurait fini et tu aurais pu chanter plus haut que les dernières octaves de Maria Carey !

Je termine ma menace par un clin d'œil sadique.

Du coup, il bougonne sans plus la ramener en se frottant la cheville. J'en profite pour regarder à nouveau dans la pièce, mais je ne vois pas Mathieu. Les filles discutent avec animation tout en commençant à manger la soupe que le gérant du gîte vient de leur servir.

— Il est où Math ? s'informe la grande blonde qui avait un trouble de l'équilibre lors de l'ascension.

— Je ne sais pas. Il est peut-être en train de se préparer pour nous la jouer Chippendale ! lance une brunette avec un rire limite hystérique.

J'en avale mon potage de travers en entendant cette absurdité ! Jules me tapote la main compatissant. Je reprends mon souffle tout en continuant de tendre l'oreille vers la table des filles qui risquent de m'en apprendre de bien belles !

– Oh oui ! clame la blonde en tapant dans ses mains d'excitation.

— Je l'imagine bien arriver en version bûcheron canadien ! Avec un vieux jean légèrement troué sur le genou, un tee-shirt blanc et une chemise à carreaux rouges et blancs à manches longues ! imagine l'une des filles l'air rêveur.

— Oh mon dieu ! Alors là, je fonds ! réplique une autre la main sous le menton.

C'en est trop pour moi ! Elles ont un problème d'hormones ou quoi ? Je bouillonne de les entendre s'extasier sur mon mec ! Oui il est grand ! Oui il est beau ! Oui il est gentil, adorable serviable et musclé ! Mais c'est mon chéri à moi !

— Là ! Tout doux Lili la tigresse ! m'intime Jules en posant sa main sur la mienne une nouvelle fois.

– Quoi ? dis-je en tournant mon regard vers mon ami.

Il baisse les yeux vers la table et je suis son regard qui se porte sur ma main gauche agrippée au pichet d'eau froide. Celle-ci est tellement crispée dessus qu'elle tremble de façon impressionnante. Jules me fait lâcher prise doucement alors que je proteste :

— Juste une fois !

— Non Vic !

— Mais je suis sûre que c'est la meilleure chose à faire pour leur venir en aide ! Tu vois bien qu'il y a surchauffe là !

Pour toute réponse, il ricane tout en éloignant le broc de ma main.

– T'es vraiment pas cool ! dis-je en bougonnant.

On finit le repas sans voir Mathieu. J'ai beau le chercher du regard, je ne le vois nulle part. Les filles finissent par regagner leur chambre en riant et je bénis le responsable du gîte qui leur a donné un autre dortoir que le nôtre ! Une fois le calme revenu dans la pièce, je me sens un peu plus détendue, bien que profondément triste. J'aurais vraiment voulu voir Mathieu. Le savoir si proche et en même temps si loin de moi me fend le cœur. Jules me sort de mes pensées en agitant sa main devant mes yeux.

— Youhou ! La terre appelle la lune !

Pour toute réponse, je lui souris.

— On va se coucher ? Je doute qu'il vienne à présent. Et puis, je pense que tu n'es pas prête à aller frapper à sa porte.

— Non.

— Vous avez fini ? s'informe le gérant en venant prendre nos assiettes. Vous n'avez pas mangé, Madame ? Vous n'avez pas aimé ?

— Euh, si ! Mais je n'avais pas faim. Pardon.

Il débarrasse la table en me faisant signe que ce n'est pas grave et nous quittons la pièce à notre tour pour rejoindre notre chambre. Ce soir, nous ne sommes que tous les deux dans le dortoir, ce qui nous évitera les odeurs nauséabondes de la nuit précédente ! Jules se couche rapidement sans cérémonie et sombre rapidement dans le sommeil. Il se met immédiatement à ronfler, ce qui m'agace passablement. Comment font les hommes pour s'endormir aussi vite sans même faire une petite introspection de leur journée ?

Allongée dans mon lit, je peine à trouver le sommeil. Est-ce que Mathieu arrive à dormir ? Pense-t-il à moi ? Que dira-t-il en me voyant ?

Toutes ces questions tournent en boucle dans ma tête à un rythme effréné. Je finis par sombrer à mon tour dans un sommeil rempli de cauchemars dans lesquels une gazelle en chaleur vêtue d'un tee-shirt moulant rose Barbie poursuit Mathieu habillé en bûcheron pendant que j'arrose un incendie dans un chalet.

Je me réveille en sursaut, les cheveux plaqués sur le visage et le cœur battant la chamade.

— Bah alors ! T'as une de ces têtes ! On dirait que t'as fait un marathon dans la montagne !

— Oh, purée ! hurlé-je en reculant dans mon lit et en me tapant la tête contre le sommier de Jules qui dort toujours profondément au-dessus de moi.

— Chut ! me fait signe Gwen le doigt sur la bouche.

– Ça va pas la tête ? dis-je en chuchotant. Tu vas finir par me tuer à force de faire des apparitions comme ça ! D'ailleurs, je dois m'inquiéter ?

— Pourquoi ?

— Et bien, de te voir. Je veux dire, dans Grey's anatomy, Izzie voit son ex mort et en fait elle a une tumeur au cerveau, alors…

— Tu devrais arrêter de regarder la télé. Tu as vraiment trop d'imagination !

— Me dit le fantôme assis au pied de mon lit !

On reste quelques secondes sans se parler. Je la regarde, toujours aussi belle dans son aura lumineuse. Je ne sais pas bien comment je dois prendre ces apparitions, mais, en même temps, j'apprécie de la voir et de savoir qu'elle veille sur moi.

– Il va falloir que tu y ailles maintenant ! me dit-elle dans un sourire.

— Où ?

— Le voir ! Vous vous évitez depuis trop longtemps ! Ne fais pas les mêmes erreurs que moi.

— Oui, mais…

Je n'ai pas le temps de finir ma phrase qu'elle disparaît comme par magie. Sa silhouette s'évapore tout doucement sans que je ne puisse rien y faire. Je soupire de dépit et finis par me lever. Je m'habille, la peur au ventre, prête à affronter Mathieu.

Dans la salle en bas de l'escalier, un joyeux brouhaha s'élève. On dirait bien que les filles sont déjà réveillées et en pleine forme. Des rires fusent de tous les côtés alors que bols et cuillères s'entrechoquent. Je prends une profonde inspiration pour me donner du courage et entre dans la pièce. Je salue les filles d'un signe de tête tout en cherchant

Mathieu du regard. Mais il n'est pas là ! Je commence sincèrement à me demander s'il est toujours ici. Déçue, je rejoins ma place sans un mot.

— Quelle nuit ! Dommage que Mathieu ne soit pas venu nous rejoindre !

— C'est pas faute de lui avoir fait signe ! bougonne la blonde.

Rageusement, je touille mon chocolat dans mon bol tout en me demandant s'il y a réellement parmi ce groupe de nymphomanes une fille qui se marie. Car, au vu de leurs fantasmes sur mon mec, je suis en droit de me poser la question !

– Ah ! clament les filles en chœur, me sortant de mes pensées.

Je relève les yeux et vois Mathieu pénétrer dans la pièce par la porte d'entrée, les joues rougies par la fraîcheur matinale. Heureusement que je suis assise, car mes jambes sont coupées par l'émotion de le revoir d'aussi près. Il ne me remarque pas, les filles sont déjà toutes debout et se jettent sur lui pour le saluer. Chacune y va de son bisou sur la joue alors que je les fusille du regard chacune leur tour.

– Viens t'asseoir avec nous Math ! lui dit la blonde qui, semble-t-il, a de nouveaux problèmes d'équilibre puisqu'elle est une nouvelle fois suspendue à son bras.

Il se laisse conduire et se retrouve assis sur le banc entouré de sa horde de « pouffes » en chaleur. Soufflée, je reste assise à ma place et observe la scène en silence.

Non ! Ce n'est vraiment pas comme ça que je m'étais imaginé nos retrouvailles.

Tel un coq, il est assis au milieu de sa basse-cour et les filles ne savent plus quoi faire pour lui faire plaisir. L'une lui sert un café, l'autre lui fait une tartine, une autre lui sert un jus de fruits… C'est une vraie effervescence autour de lui. Je l'observe en silence. Dos à moi, je regarde ses cheveux maintenus en arrière par ses lunettes de soleil, je meurs d'envie de me rapprocher de lui, de lui signaler ma présence, mais je n'ai toujours pas récupéré l'usage de mes jambes.

La blonde passe derrière lui pour lui tendre je ne sais quoi par-dessus de son épaule. En se penchant, elle trébuche et se retrouve assise, je ne sais comment, sur ses genoux ! Il la rattrape et elle n'en peut plus de rire. Je suis un peu plus sous le choc !

Dans les escaliers, un bruit sourd se fait entendre. Il semblerait que Jules ait encore heurté la poutre, au vu de sa voix qui résonne non loin de nous en échappant un juron.

– Jules ! s'exclame Mathieu surpris tenant toujours dans ses bras « Barbie trouble de l'équilibre ».

Un silence de plomb tombe instantanément dans la pièce, Jules est mal à l'aise et regarde tour à tour Mathieu puis moi.

Ce dernier, suivant le regard de Jules qui effectue des va-et-vient entre lui et le fond de la pièce, finit par se retourner, les bras toujours chargés de son colis blond peroxydé. Son regard surpris croise le mien et je ne sais plus quoi faire ! Je suis agacée, énervée et vexée. Soudain, je retrouve l'usage de mes jambes et quitte la pièce précipitamment !

Chapitre 16

Je cours dehors comme une folle. L'air frais qui entre dans ma gorge me fait atrocement souffrir, mais ce n'est rien comparé à la douleur de mon cœur. Sous mes pieds, les cailloux roulent et me font trébucher, mais je n'arrive pas à m'arrêter. J'ai besoin de fuir, de m'éloigner de lui alors que, paradoxalement, une partie de moi a envie de se pelotonner dans ses bras. Dans mon dos, la voix de Mathieu mêlée à celle de Jules parvient à mes oreilles.

— Vic !

Je continue de courir, mais mes jambes faiblissent et je commence à ralentir. Épuisée, je suis obligée de m'arrêter près du rocher où je m'étais installée la veille. Les mains plaquées contre la pierre froide, je tente de retrouver ma respiration. Mon cœur tambourine dans ma poitrine et résonne jusque dans ma tête. Mes oreilles bourdonnent et je suis obligée de me concentrer sur mon souffle pour calmer cette sensation de mal-être.

Dans mon dos, je sens Mathieu arriver. Je prends une profonde inspiration qui me déchire les poumons avant de me retourner pour lui faire face.

Il arrive en courant, ses boucles brunes bougent autour de son visage et le rendent irrésistible. Jules arrive sur ses talons, cependant il s'arrête à une légère distance pour ne pas déranger.

— Vic ! Je ne savais pas que tu étais là ! lance Mathieu à peine essoufflé.

— Pardon ! J'aurais bien aimé te signaler ma venue, mais je n'avais pas d'adresse ni de téléphone pour te contacter d'ailleurs ! Excuse-moi d'être venue te perturber en plein milieu de ton harem !

— Mon quoi ?

Il semble étonné et se tourne vers Jules, comme pour lui demander de l'aider à comprendre ce que je viens de dire. Ce dernier hausse les épaules, ne voulant pas trop s'immiscer dans la conversation.

— Vous êtes là depuis quand tous les deux d'abord ?

— Oh ! Depuis assez de temps pour savoir que tu t'occupes d'une bande de furies aux hormones dérangées qui n'en ont jamais assez de te toucher et de fantasmer sur toi !

– Pourquoi vous ne m'avez rien dit ? s'étonne-t-il en nous regardant tour à tour.

— Parce que je ne m'en sentais pas capable. J'étais à mille lieues d'imaginer te retrouver ainsi ! Des semaines que tu ne me donnes pas de signe de vie ! Des semaines que je m'inquiète pour toi, que je suis seule ! Et je te retrouve en train de parader, tel un coq au milieu de sa basse-cour !

Je suis complètement hors de moi ! Les nerfs et la colère qui bouillonnent en mon fort intérieur depuis son départ sont en train d'exploser ! Mes mains tremblent et je suis obligée de fermer les poings pour les maintenir en place. Mathieu me regarde l'air surpris de me voir si en colère. Son manque de réaction m'énerve un peu plus. Il doit le sentir, car il tend la main vers moi, je recule d'un pas, plaquant ainsi mon dos contre le rocher.

— Vic, ne t'énerve pas. Je ne savais pas que tu étais là…

— Ah ! Que je ne m'énerve pas ! Je dois comprendre quoi par là ? Que si tu avais su que j'étais là, tu ne te serais pas comporté ainsi avec ces filles !

— Mais arrête ! Qu'est-ce que tu me fais là ! T'es jalouse ? il dit ça sur un ton amusé qui me met un peu plus hors de moi.

Soudain, mon sang ne fait qu'un tour, je le pousse violemment et reprends la direction du gîte où les filles assistent à nos retrouvailles telles les commères d'un village. Elles sont alignées sur la terrasse et nous regardent amusées. Jules tend la main pour me saisir le poignet :

— Vic, calme-toi !

— Non Jules ! Je veux partir ! Ramène-moi s'il te plaît, dis-je en me jetant dans ses bras.

— Attends un peu. Vous devriez prendre un peu de temps, répond-il en me frottant le dos pour me calmer.

— Je me demande qui est le coq ici ? lance Mathieu, énervé, dans mon dos.

— Pardon ? répond Jules surpris en me lâchant. Qu'est-ce que tu insinues ?

— Rien de plus que ce que je vois ! Mon meilleur pote qui tient ma femme dans ses bras ! Je dérange peut-être ?

– T'es pas sérieux ? lui demande Jules pour toute réponse.

— Oh, mais si ! dit Mathieu en s'avançant menaçant.

Jules ne se démonte pas et s'approche de son ami en bombant le torse à son tour. Bon, pour le coup, l'expression du coq dans sa basse-cour prend tout son sens ! Et comme le dit le dicton, on ne peut pas laisser deux coqs ensemble sans qu'il y ait un combat. Je les regarde se provoquer impuissante.

Ils se tournent autour en se dévisageant, leurs yeux lançant des éclairs. La tension est plus que palpable et je m'en veux de les voir se défier ainsi à cause de moi. Tentant le tout pour le tout, je m'interpose pour éviter qu'ils n'en viennent aux mains.

– Stop tous les deux ! dis-je en passant entre eux et en tendant les bras pour les éloigner, tel l'arbitre d'un match de boxe. Ça va pas la tête ? Qu'est-ce qui te prend Mathieu ? Jules est ton ami ! Je dirais même plus, c'est notre ami !

– À quel point c'est ton ami ? me demande-t-il brusquement.

— Au point où il a toujours été là pour moi ! répliqué-je du tac au tac. Ce qui n'a pas toujours été ton cas !

Je suis en colère. J'ai la haine de le voir jaloux de son meilleur ami. Ma respiration s'accélère et mon sang pulse dans mes oreilles. Ma vue se trouble et soudain une violente douleur me prend au ventre et me plie en deux.

— Ah ! hurlé-je en me tenant le ventre à deux mains.

Je cherche mon air pour tenter de calmer la souffrance qui me tord les tripes, mais je peine à le trouver. Mes jambes flanchent et je m'écroule au sol alors que les garçons me regardent surpris, comme paralysés par la scène. Une violente nausée me prend et je vomis à plusieurs reprises, sans comprendre ce qui m'arrive. Des mains viennent me soutenir alors que mon corps s'effondre épuisé par tant d'efforts.

— Vic ! Vic ! Parle-moi ! demande Jules alarmé en relevant une mèche de cheveux qui me barre le visage.

— Vic ! Dis-moi ce qui t'arrive ? demande Mathieu, alarmé.

La douleur est telle que je ne peux pas leur répondre, d'autant que mon corps est à nouveau secoué par de violents spasmes. Quand enfin mon corps se calme, je me relâche complètement et m'effondre au sol comme une poupée de chiffon. Je n'ai plus la force de rien, les yeux fermés je me laisse aller dans un demi-sommeil où j'entends cependant tout ce qui se passe autour de moi. Des mains me saisissent par la taille et me soulèvent du sol.

— Laisse-moi t'aider ! demande Jules inquiet.

— Non ! C'est ma copine je te rappelle ! réplique Mathieu en me plaquant contre son torse puissant.

– C'est bien le moment de t'en rappeler, tiens ! répond Jules agacé.

Les pas de Mathieu sont rapides, mais précis. Je me sens à peine ballottée dans ses bras. Mon nez plaqué contre son cou, j'inspire son parfum musqué qui m'a tant manqué. Le son mat résonne sous ses pieds, ce qui m'indique que nous arrivons sur la terrasse du gîte.

— Isa, tu peux m'aider s'il te plaît ?

— Oui bien sûr. Emmène-la dans sa chambre, je te rejoins avec mes affaires.

Isa ? Qui c'est ? J'aimerais bien ouvrir les yeux pour savoir qui est cette fameuse Isa, mais je suis bien trop fatiguée et mon ventre me fait bien trop souffrir pour ça. J'entends des pas précipités dans la pièce, des portes qui s'ouvrent et des voix qui semblent alarmées.

– Je t'ouvre les portes ! lance Jules.

— Non pas là-haut, répond Mathieu. Ouvre-moi la porte sur ta droite.

Une nouvelle porte s'ouvre et bientôt je sens qu'il me dépose sur un lit. Automatiquement, je me mets en chien de fusil pour tenter de soulager la douleur. Une main passe dans mes cheveux, je n'ai pas besoin d'ouvrir les yeux pour savoir qu'il s'agit de Mathieu, mon corps réagit automatiquement et un frisson me parcourt le dos.

— Vic, parle-moi ! demande-t-il stressé.

Mais je n'arrive pas à lui répondre. La douleur prend toute mon énergie. Voyant que je reste muette, il s'adresse à quelqu'un d'autre.

— Elle a eu des soucis dernièrement ?

— Non ! Enfin je ne crois pas, répond Jules incertain.

— Comment ça, tu ne crois pas ? Tu le sais ou pas !

— Elle ne me dit pas tout ! Et puis, si tu voulais le savoir, t'avais qu'à prendre de ses nouvelles bien avant !

— Oh ! Ne reviens pas là-dessus, je te prie !

— Je reviens dessus si je veux !

La tension monte à nouveau d'un cran dans la pièce alors que je sens le matelas se soulever légèrement, m'indiquant que Mathieu vient de se lever.

– On se calme ici ! lance une voix de fille que je suppose être la fameuse Isa. C'est quoi le problème exactement ?

— Il me prend la tête, répond Jules comme pour se justifier.

— Non ! Je parle de la jeune femme !

– Elle s'est écroulée sans raison particulière ! répond Mathieu en revenant s'asseoir sur le lit.

— Elle a des soucis de santé ?

— Je ne pense pas… finit par répondre Mathieu, angoissé.

– Tu la connais bien ? interroge Isa.

— Oui. C'est ma femme.

— Ta femme ?

Isa semble surprise. La douleur redouble, mais ce coup-ci dans mon cœur. C'est bien ce que je pensais, il n'a parlé de moi à personne. Elle prend mon bras, le soulève et y installe un tensiomètre. Le brassard serre mon bras et un silence de plomb tombe dans la pièce le temps qu'elle écoute les pulsations pour prendre ma tension.

— 9/6, annonce Isa en retirant le brassard. Ce n'est pas bien haut. Elle a des antécédents particuliers.

– Non ! dit Mathieu du tac au tac.

– Oui ! répond en même temps Jules.

— Et bien ! Il faudrait vous mettre d'accord tous les deux ! Elle en a ou pas ?

– Non ! répond à nouveau Mathieu. Ne l'écoute pas lui ! C'est moi son mec et je te dis qu'elle n'a pas de soucis de santé.

– N'importe quoi ! lance Jules agacé. Et Nino ? C'est pas un antécédent ?

Un nouveau silence bien plus lourd que le précédent retombe sur la pièce, mais bien vite Jules le balaye.

— Elle a eu un accident de voiture en février. Elle était enceinte de six mois et le bébé n'a pas survécu. Elle a dû accoucher par voie basse. De ce que je sais, l'accouchement s'est déroulé normalement, si on ne tient pas compte de la mort du bébé.

À l'évocation de Nino, des larmes roulent sur mes joues et un son s'échappe de ma gorge, comme si la boule qui continue à me gêner depuis la mort de mon bébé se déchirait en deux.

– T'as vu ce que tu as fait ! s'exclame Mathieu.

— J'ai seulement répondu à la question !

— Bon, écoutez tous les deux, vous allez sortir de la pièce et me laisser ausculter ma patiente.

Des pas résonnent dans la pièce et la porte de la chambre se referme, me laissant seule avec Isa. Elle se rapproche du lit doucement et vient s'asseoir là où était assis Mathieu quelques instants plus tôt. Elle pose sa main sur mon dos, la fait glisser doucement sur mon ventre et me fait signe calmement de me mettre sur le dos. Je finis par m'exécuter et lentement je reviens à plat dos et ouvre les yeux doucement pour découvrir une petite brune au regard tendre qui me dévisage avec empathie et bienveillance.

— Comment vous sentez-vous ?

— Mal.

— OK ! Vous avez mal où exactement ?

— Ici, dis-je en montrant mon bas-ventre avec ma main.

Elle palpe mon ventre quelques instants avec douceur avant de me demander :

— Vous n'avez pas de pertes de sang ?

Je réfléchis quelques instants, mais je ne me sens pas mouillée et je ne suis pas en période de règles. De toute façon, depuis mon accouchement, rien n'est encore revenu à la normale, mais, d'après mon gynécologue, cela peut arriver dans un cas d'accouchement précoce comme le mien.

— Non, pas de pertes de sang.

— Bien. Si mes calculs sont bons, d'après ce que votre ami a dit, vous auriez dû accoucher ce mois-ci, non ?

Je réfléchis une nouvelle fois à ce qu'elle vient de me dire et, pour toute réponse, je fonds en larmes. Effectivement, Nino aurait dû pointer le bout de son joli petit nez ce mois-ci si je n'avais pas eu ce maudit accident de voiture.

Chapitre 17

— Des douleurs fantômes ?

— Oui c'est ce que je pense. À la palpation, il n'y a pas de résistance, elle n'a pas de pertes et pas de fièvre non plus. D'après ce que j'ai calculé, elle aurait dû accoucher ce mois-ci normalement.

— Oui, mais l'accouchement a eu lieu en février…

— C'est pour ça que je parle de douleurs fantômes ! Votre dispute, la fatigue, l'énervement ont pu provoquer cette réaction. Mais ce n'est qu'une supposition. Je ne suis pas gynécologue et je ne suis pas équipée pour pouvoir mieux l'ausculter.

— Il faut faire quoi alors ?

— Du repos. Elle s'est endormie d'épuisement là.

Les voix se taisent dans la pièce. Je garde les yeux fermés. Non je ne dors pas, mais je suis trop fatiguée pour ouvrir les yeux. Et puis, ça peut paraître bête, mais j'ai honte. Honte de faire un symptôme psychosomatique. J'ai l'air de quoi, moi, maintenant ? Je pensais avoir avancé, avoir travaillé le deuil de mon bébé, mais il semblerait que je me sois mis le doigt dans l'œil et bien profond ! À je ne sais combien de mètres d'altitude, me voilà clouée au lit, plus fragile que jamais. Mes deux mains plaquées sur mon ventre désespérément vide, j'écoute les bruits environnants. Des pas s'éloignent, je ne sais pas de qui il s'agit, la porte se ferme, mais il reste quelqu'un dans la pièce. Je garde les yeux bien fermés et adopte une respiration lente et régulière pour continuer de simuler le sommeil. Depuis que je sais que ma douleur est liée à la perte de mon bébé, je n'ai plus mal au ventre. La douleur a, quant à elle, pris place une nouvelle fois dans mon cœur.

Les minutes s'égrènent et je finis par découvrir qu'il n'y a pas une personne, mais deux avec moi. J'entends distinctement deux respirations dans la pièce et des voix qui chuchotent :

— C'est malin. Pourquoi tu l'as conduite ici ?

— Tu te fous de moi ? Ça fait des semaines qu'elle attend de tes nouvelles. Elle t'aurait déjà couru derrière le jour où tu es parti si je ne l'avais pas retenue.

— Et ?

— Et je lui ai dit de ne pas le faire pour te laisser du temps. Mais les jours ont passé, tu n'as pas donné signe de vie, tu lui as beaucoup manqué.

— À moi aussi.

— On ne dirait pas !

— Qui es-tu pour juger de mes sentiments ?

Jules ne répond pas à Mathieu. En même temps, il n'y a pas grand-chose à répondre… Le temps continue à défiler dans le silence le plus complet et finit par avoir raison de moi. Je plonge dans un rêve très sombre où je suis cernée par des voix. Tout tourbillonne dans ma tête sans que cela ait pourtant du sens et je finis par me réveiller. Avant d'ouvrir les yeux, je tends l'oreille pour vérifier s'il y a toujours du monde dans la pièce. Après quelques minutes, voyant qu'il n'y a pas de bruit autour de moi, j'ouvre les yeux doucement. La pièce est vide, et, d'après la lueur du soleil qui filtre par la petite fenêtre, la journée est déjà bien avancée.

Mes mains sont toujours crispées sur mon ventre. Doucement, je les dénoue et les laisse glisser le long de mon corps. Je reste ainsi quelques instants, mesurant ainsi le vide de ma vie. C'est impressionnant comment ce petit être avait pris une place énorme dans ma vie alors qu'il n'était pas encore hors de mon ventre. Et c'est troublant le vide immense qu'il a laissé en partant rejoindre les anges. Je finis par rouler sur le côté et prends appui sur le lit pour me redresser. Les mots que Gwen m'a dits ce matin me reviennent en mémoire : « Le voir ! Vous vous évitez depuis trop longtemps ! Ne fais pas les mêmes erreurs que moi. »

Elle a raison, je dois prendre mon courage à deux mains et affronter Mathieu, on a des choses à se dire, et les non-dits vont finir par nous détruire. Je me lève prudemment et inspire profondément. Je reste quelques instants adossée au lit pour vérifier que je n'ai pas de vertige ou de malaise. Voyant que ça va, je me dirige vers la porte, prête à affronter mon homme.

Dans la pièce principale du gîte, le silence règne en maître. Je m'avance lentement, jetant des regards de chaque côté pour voir si Mathieu est dans les parages. Finalement, c'est Jules que je trouve assis dans un coin, le regard perdu dans le vague près de la fenêtre. Je m'approche et le fais sursauter en posant ma main sur son épaule.

— Victoria ! Ça va ?

— Oui merci.

— Je peux faire quelque chose pour toi ?

— Oui. M'indiquer où est Mathieu s'il te plaît. Il est temps qu'on se parle, je crois.

Pour toute réponse, il regarde par la fenêtre. Je suis son regard et vois Mathieu de profil, seul, assis dans l'herbe un peu plus loin, en train de contempler le paysage devant lui. Je le regarde quelques instants, il est magnifique. Ses épaules larges et bien bâties se soulèvent à un rythme régulier qui laisse penser qu'il est calme, mais son regard semble contrarié et contraste grandement avec l'impression de calme qu'il dégage.

Jules me presse la main comme pour me donner du courage, je lui lance un sourire avant de quitter la pièce en silence. Dehors, le vent s'est un peu levé et je resserre mon gilet sur ma poitrine pour me protéger. Je m'avance à pas de loup vers lui. Je pense qu'il a quand même dû m'entendre arriver, la discrétion et moi ça fait deux, mais il n'en laisse rien paraître. Je m'assois ensuite à ses côtés, adoptant la même position que lui. Les coudes sur les genoux, il joue avec une petite brindille tout en continuant à regarder droit devant lui.

Je suis mal à l'aise. Je cherche au fond de moi le courage de parler, mais il semblerait qu'il se soit barré lâchement ! Alors, je tente de me motiver en me disant intérieurement :

— Allez, tu comptes jusqu'à trois et tu lui parles. Un, deux, trois !

Mais le son reste bloqué dans ma gorge. Je peste contre mon manque de courage, j'inspire profondément avant de reprendre mentalement le décompte. Je tremble un peu, suite au stress que je ressens ! Ça m'énerve de manquer autant de courage. C'est mon amoureux ! Je ne devrais pas avoir peur de lui parler. Mais, en vérité, je sais que je n'ai pas peur de lui parler, je suis juste très mal à l'aise de devoir m'excuser.

Soudain, comme poussée par je ne sais quelle raison, je lâche tout bas :

— Pardonne-moi.

J'y crois pas ! J'ai réussi ! Forte d'un peu plus de confiance en moi, je lui redis d'une voix un peu plus haute et claire.

— Pardonne-moi Mathieu. Je suis désolée.

— Désolée ? répond-il surpris en tournant la tête vers moi.

Ses yeux verts me dévisagent et je crois fondre devant l'intensité de son regard.

— Oui, pardonne-moi. Je suis désolée ! Tout est de ma faute. Si je n'avais pas accepté de dépanner Claude ce soir-là et bien aujourd'hui, nous aurions Nino dans les bras...

Je termine ma phrase en larmes. La douleur de reconnaître ma faute me brûle la gorge. Ma vue se trouble et un flot ininterrompu de larmes s'écoule de mes yeux. La douleur qui me lacère le cœur est paradoxale, car, en même temps que je m'excuse, j'ai l'impression qu'on m'enlève un poids de la poitrine.

— Je ne voulais pas, je te jure ! Et je m'en veux, si tu savais...

— Tu t'en veux ?

Il semble surpris que je puisse m'en vouloir ! Il s'agenouille face à moi et se place entre mes jambes. Il pose ses mains sur mes genoux et me regarde intensément avant de reprendre d'une voix un peu éraillée.

— C'est moi qui m'en veux, Vic. Je m'en veux de ne pas t'avoir accompagnée ce soir-là. J'étais à la maison, j'aurais dû venir avec toi. Au lieu de ça, j'ai préféré regarder le sport à la télé !

Je reste sans voix de l'entendre me dire qu'il se sent coupable de ne pas m'avoir accompagnée. Depuis tout ce temps, nous nous en voulons mutuellement à nous-mêmes.

— Vic, j'ai pas été à la hauteur et je m'en veux, si tu savais.

— Pas à la hauteur ? Tu rigoles ? T'as été super ! Tu étais là comme un fou à creuser dans la neige à mains nues !

— La belle affaire ! Ça n'a servi à rien ! Le mal était déjà fait !

J'essuie rageusement mes yeux et mes joues pour enlever les larmes qui inondent mon visage. Quand je reporte mon regard sur Mathieu, je suis surprise de voir qu'à présent c'est le sien qui est rempli de larmes. Je tends la main vers son visage et du pouce j'essuie les gouttes d'eau salée qui s'échappent de ses yeux. Il appuie sa joue sur ma main et ce contact me fait un bien fou. On reste silencieux quelques instants et ce silence en dit bien plus que certains longs discours. Il s'apaise un peu et prend une grande inspiration avant de reprendre :

— Pourras-tu un jour me pardonner ?

– Et toi ? lui réponds-je sur le même ton.

— Je ne t'en ai jamais voulu. Tu es partie aider un patient et tu as joué de malchance, mais si tu n'y étais pas allée, tu t'en serais voulu. Tu es humaine et tu es toujours en train d'aider ton prochain ! C'est pour ça que je t'aime ! Pour ton grand cœur !

— Oui, enfin, si j'avais pas un grand cœur comme tu dis, on serait heureux en ce moment ! On découvrirait notre bébé en pleine santé ! Au lieu de ça, à cause de cet animal que j'ai tenté d'éviter, on a vécu le pire qu'un couple puisse vivre !

Il me regarde avec intensité et je me sens rougir. Je tente de me soustraire à son regard et reprends mes excuses :

— Et je m'en veux aussi pour ce que je t'ai fait vivre après ! La douleur était telle que j'avais l'impression d'être la seule à souffrir. Le fait d'avoir été la seule à sentir le bébé durant ces six mois et le vide intense ressenti après l'accouchement ont été horribles. Toute à ma peine, je n'ai même pas fait attention à la tienne. J'en suis désolée. Je n'ai réellement compris ta douleur que quand tu as tout cassé la veille de ton départ. Je pensais avoir le monopole de la douleur, mais j'avais tort. Pardon.

Toujours à genoux devant moi, il secoue la tête en me regardant avec intensité. Ses mains dégagent une chaleur intense des plus agréables. Son visage est toujours posé sur ma main.

— Mais je ne t'en veux pas ! Mon cœur, je n'ose même pas imaginer ce que tu as pu ressentir. Et je ne savais pas comment t'aider au mieux. J'avais l'impression de ne rien faire de bien.

— Tu rigoles ? Tu as été génial ! Toujours là pour moi, tu savais rester silencieux quand j'avais besoin de silence, tu savais être près de moi sans pour autant me toucher et ça c'était parfait ! Je n'avais pas envie que tu me touches, car j'avais l'impression de ne pas mériter tes caresses, ta douceur et ta gentillesse. Je pense que j'avais besoin de souffrir pour supporter la perte de Nino.

— Souffrir ? Mais Vic tu ne peux pas t'infliger tant de souffrance. Ton accident c'est la faute à pas de chance ! Il n'y a rien à pardonner !

— Tu dis ça maintenant, mais tu m'as bien dit ne pas pouvoir te pardonner toi-même alors que tu n'as rien fait de mal.

— Rien fait de mal ? La veille de mon départ, j'ai eu un comportement indigne d'un homme.

— Indigne ? Je ne comprends pas. Tu veux parler de ce qui s'est passé dans la chambre ?

Il ne me répond pas, se relève et me tourne le dos. Je le regarde interdite, ne comprenant pas ce revirement de situation. Les mains dans les poches, il semble complètement abattu. Je lui laisse quelques instants de répit avant de me lever à mon tour et de le rejoindre. Je glisse mes mains sous ses bras et me plaque contre son dos. Je le serre fort contre moi pour tenter de lui insuffler un peu de force. Je le sens inspirer profondément, comme si mon étreinte lui faisait du bien et du mal à la fois. Alors je passe devant lui, me hisse sur la pointe des pieds et pose mes mains sur son visage pour lui faire baisser les yeux vers moi.

— Mathieu, parle-moi. Je ne t'en veux absolument pas ! Ce qui s'est passé dans la chambre de Nino n'est autre que le résultat de tout mon silence. Tu avais le droit de péter les plombs. Casser le mobilier ce n'est pas un drame, de toute façon même si un jour nous avions un autre enfant, je refuserais qu'il dorme dans les affaires que nous avions choisies pour Nino.

— Un autre enfant ?

Son ton surpris est aussi violent que s'il m'avait mis une claque. Je laisse mes mains glisser de son visage et finir le long de mon corps. J'ai une réponse claire, il n'imagine pas avoir une vie avec moi après ça. Je ne sais plus où me mettre. Gwen avait raison, j'ai trop attendu et l'ai laissé filer de la même manière qu'elle !

Chapitre 18

Une honte cuisante m'envahit alors que les larmes viennent à nouveau creuser des sillons sur mes joues. Si tout à l'heure j'ai eu l'impression de me sentir un peu allégée suite à l'aveu de ma faute, à présent je sens toute la douleur du monde me retomber dessus.

Comment vivre ma vie sans lui ? J'ai trop besoin de lui et je m'en rends compte maintenant qu'il est trop tard. Pourtant, ce n'est pas faute de m'avoir prévenue ! Gwen a fait nombre d'apparitions pour me mettre en garde. Et moi, qu'est-ce que j'ai fait ? J'ai continué à me morfondre, à me regarder le nombril ! Je gâche vraiment tout !

Que dire de plus ? Je pense que, pour le coup, nous nous sommes tout dit ! Il ne m'en veut pas d'avoir eu l'accident, mais il n'envisage plus sa vie avec moi et c'est son choix. Lentement, je me détourne et rebrousse chemin vers le gîte. À la fenêtre, Jules ne perd pas une miette de ce qui se passe. Il me regarde surpris, il ne comprend pas ce que je fais, mais que lui dire ? Moi-même j'ai du mal à comprendre.

Soudain, une main attrape mon poignet et me fait pivoter. Je me retrouve nez à nez avec Mathieu qui me regarde alarmé.

— Tu vas où ?

— Euh ! Je te laisse... Je ne veux pas t'imposer ma présence...

— M'imposer ta présence ? Attends, mais qu'est-ce que tu dis ?

— Tu as été clair. Tu ne veux pas d'avenir avec moi…

— Mais n'importe quoi ! J'ai honte de ce que je t'ai fait cette nuit-là, et pas seulement pour les meubles.

Je le regarde sans comprendre. Il a cassé les meubles et je lui ai dit que je m'en fiche, alors de quoi avoir honte ? Mentalement, je me repasse cette soirée dans la tête. Je le revois rentrer dans la pièce fou de rage et casser tour à tour tout ce qui lui passe sous la main puis je le revois se jeter sur moi et me faire l'amour avec fougue, voire avec rage ! Et là, je percute. Il a honte de notre nuit ensemble, au beau milieu de la pièce saccagée, qui ressemblait plus à un corps à corps qu'à de l'amour d'ailleurs.

Sans dire un mot, je plonge mes yeux dans les siens et l'interroge silencieusement du regard. Il doit comprendre que j'ai percuté, car il détourne les yeux d'un air honteux. Je saisis son visage à deux mains et l'oblige à me regarder.

— T'es pas sérieux là ? C'est de ça que tu as honte ?

Pour toute réponse, il ferme les yeux. Un rire nerveux me prend et je ne peux plus m'arrêter. Il se renfrogne et me dit :

— Bin c'est cool ! T'as qu'à te foutre de ma gueule ! bougonne-t-il.

— Non ! Non ! Pardon, excuse-moi, c'est nerveux.

Je tente de me reprendre et prends le temps de respirer pour retrouver mon calme. Je souffle à plusieurs reprises avant de lui dire :

— Tu es complètement pardonné ! C'était la nuit d'amour la plus intense et la plus torride que j'ai eue.

Voyant que je le prends à la rigolade et que je n'ai pas le moins du monde honte ou un souvenir négatif de la soirée, il semble se détendre et laisse échapper un petit sourire qui lui donne un charme fou ! Alors, pour finir de le détendre, je renchéris :

— Et puis, si ma mémoire est bonne, je ne me suis pas laissée faire…

La légèreté revient entre nous. Il est soulagé qu'on ait enfin percé l'abcès. Il pose ses mains sur mes hanches et me ramène à lui. Je passe mes bras autour de son cou et je prends conscience que nous ne nous sommes pas tenus ainsi depuis le jour de l'accident. Tout ce temps gâché entre nous par la douleur et les non-dits !

— Et toi ? Pourquoi avoir voulu me fuir tout à l'heure ?

— Et bien, j'ai cru que tu ne voyais plus ton avenir avec moi, lorsque j'ai parlé de bébé… En même temps, je peux comprendre que tu ne veuilles plus avoir d'enfant, la douleur est si grande…

Il ne me laisse pas finir ma phrase et m'embrasse brusquement avec passion. Au début, je suis un peu surprise, mais, rapidement, je lui rends son baiser. Sa langue chaude et douce contre la mienne me fait perdre la tête, mon rythme cardiaque s'accélère alors que ses mains me caressent le bas du dos et viennent me plaquer un peu plus fort contre lui. Je m'accroche un peu plus à son cou comme si ma vie en dépendait, tout en lui rendant son baiser avec ardeur. Mes seins se gonflent de désir et ma respiration s'intensifie. J'ai envie de lui, là, maintenant et tout de suite ! Il doit sentir mon désir et finit par me repousser à regret. Je le regarde, un peu étonnée. Je sens que j'ai les joues rouges et je passe la main dans mes cheveux comme pour me remettre les idées en place. Il me sourit, il a toujours les mains plaquées sur le bas de mon dos et me dit :

— Je t'aime Victoria et si tu veux toujours de moi, j'espère que la vie nous offrira la joie d'avoir un nouvel enfant !

Il ne peut pas me faire plus plaisir ! Je me jette contre lui et me blottis contre sa poitrine ! J'entends son cœur battre la chamade dans sa poitrine. Il me serre un peu plus dans ses grands bras forts et musclés et je me sens bien et sereine pour la première fois depuis des mois ! L'instant pourrait durer une éternité, mais c'est sans compter avec Jules qui débarque et vient rompre le charme de l'instant.

— Enfin ! Vous m'en avez fait voir de toutes les couleurs tous les deux ! Mais je vous aime quand même.

Je ne peux retenir un sourire alors qu'il nous serre contre lui. On reste ainsi quelques instants avant que Jules ne reprenne :

— Bon, on va rentrer au chaud, on commence à se les peler sévère ici !

Il a raison, je me mets immédiatement à frissonner. Jules s'apprête à me prendre dans ses bras, mais Mathieu lui lance un regard dissuasif tout en me plaquant contre lui. Jules se passe une main dans les cheveux en riant jaune avant de dire à Mathieu.

— Désolé mec, les vieux réflexes tu sais ce que c'est…

— Non pas vraiment !

Un froid tombe immédiatement entre eux alors que nous rentrons dans le gîte. La pièce est encore vide, les filles doivent être dans leur chambre. Suite à mon malaise, il semblerait que leur rando du jour soit tombée à l'eau. Nous nous dirigeons vers une table, toujours dans le silence le plus complet. Je trouve ça dommage et je me sens mal que Mathieu tienne rigueur à Jules de son comportement protecteur envers moi, d'autant que, sans lui, je ne serais pas là aujourd'hui ! Je les regarde tour à tour se dévisager.

— Jules, je voulais te dire merci ! finit par lâcher brusquement Mathieu.

Ouf ! Me voilà soulagée ! Instantanément, la tension retombe autour de la table. Mathieu tend la main par-dessus la table sans pour autant me lâcher de l'autre. Je les regarde s'empoigner la main avec force et suis contente de voir qu'ils repartent du bon pied tous les deux. Ils finissent par se lâcher la main et je suis étonnée qu'ils ne se disent rien de plus. Je suis stoppée dans mes pensées par la horde des groupies en furie qui débarquent dans la pièce d'un pas lourd digne des hippopotames de Fantasia ! Elles se dirigent droit vers nous et viennent saluer Mathieu et nous saluent de la main sans aucune gêne. Parmi le groupe, je reconnais la fameuse Isa qui me fait un signe de tête et qui m'interroge du regard pour savoir si je me sens mieux. Je lui fais signe que oui et elle me répond par un magnifique sourire.

Elles poussent les tables et viennent se coller à la nôtre sans nous demander la permission. Je me retrouve en bout de table alors que les garçons sont au milieu des filles qui sont ravies de les avoir avec elles !

Un joyeux brouhaha s'élève dans la pièce alors que je regrette le moment d'intimité avec mon homme tout à l'heure. La grande blonde au trouble de l'équilibre s'est installée à côté de Mathieu et n'a aucun scrupule à le chauffer alors que je suis à côté de lui. Ce qui me rassure c'est qu'il ne fait pas cas d'elle.

— Et oui Barbie ! Va falloir aller te trouver un Ken ailleurs ! me dis-je intérieurement alors qu'elle tente d'attirer son attention et que, pour toute réponse, il me chuchote des mots doux à l'oreille.

— Mathieu, dis-moi, on monte quand même jusqu'en haut demain ? demande une jolie brunette.

Mathieu me regarde, un peu gêné. Je vois bien qu'à présent que l'abcès est crevé, il n'a plus envie d'être loin de moi et je dois dire que moi non plus. Mais il s'est engagé et ne peut pas les lâcher ainsi. Isa intervient et nous propose gentiment :

– Vous avez qu'à venir tous les deux ! dit-elle en nous regardant Jules et moi. Enfin, si tu t'en sens capable bien sûr.

Jules me regarde et attend clairement ma réponse. Je ne suis pas particulièrement emballée par une nouvelle randonnée en pleine montagne, mais je n'ai vraiment pas envie de laisser Mathieu. Et puis, ça pourrait être sympa de monter là-haut et de regarder Barbie avancer sans pouvoir se cramponner à lui. Quand je réponds oui à Isa, tout le monde tape dans ses mains de joie, sauf Barbie qui semble bouder. Alors je décide de la finir à ma façon. C'est puéril, mais j'assume complètement !

— Je suis fatiguée et, si demain on doit faire cette randonnée, je préfère aller me coucher ! Bonne nuit.

Je me lève du banc et commence à me diriger vers l'escalier, mais des pas précipités me rattrapent avant que je n'atteigne la première marche.

– Tu vas où là ? demande Mathieu en me prenant dans ses bras.

— Je viens de le dire, je vais me coucher !

— Ça, j'avais compris. Mais il est hors de question que tu dormes loin de moi ! Ce soir et toutes les nuits qui viendront ensuite, je te veux dans mes bras ! dit-il en me soulevant dans ses bras et en m'embrassant tout en se dirigeant vers sa chambre.

Alors qu'il referme la porte de la chambre derrière nous, j'entends les filles applaudir dans la pièce en commentant : « ils sont mignons ! »

Je souris alors que Mathieu m'étend délicatement sur son lit.

Chapitre 19

Allongée sur son lit, je le regarde avancer lentement vers moi. Éclairé par la seule lumière de la pleine lune qui illumine la pièce d'une lumière grise presque fantomatique, il semble presque irréel. D'une main, il attrape son pull par le haut du dos et le retire d'un seul coup, d'un geste lent et maîtrisé. Il le jette dans un coin de la pièce et fait la même chose avec son tee-shirt. Je retiens ma respiration en voyant les muscles de son corps se dessiner à la lueur des rayons de lune. Je me redresse légèrement pour ne pas manquer une miette du spectacle qui s'offre à moi. Il retire ensuite ses chaussures et ses chaussettes et, enfin, vient me rejoindre sur le lit. Ses mains glissent sur mon corps me procurant des frissons au passage. Il soulève mon pull et mon tee-shirt et dépose sur mon ventre de petits baisers. Je retiens une larme au souvenir qu'avant, chaque soir, il déposait le même genre de bisous pour embrasser son fils. Il doit se rendre compte du souvenir qui me submerge et ne s'attarde pas plus à cet endroit-là.

Il remonte rapidement vers mon visage, m'embrasse doucement et retire mes deux hauts. Je me retrouve en soutien-gorge devant lui et il prend le temps de me regarder avec envie, me faisant sentir à nouveau femme. Je tends la main pour l'attirer à moi et il ne lui en faut pas plus pour reprendre son exploration. Sa bouche picore à présent mon cou et il relève de temps en temps la tête pour plonger ses yeux verts dans les miens. Je me mordille la lèvre inférieure de plaisir alors qu'il se saisit de l'un de mes seins avec vigueur. Je grogne de plaisir en lui baissant le pantalon d'une main. Il me regarde d'un air mi-surpris mi-amusé et se laisse faire. Je renverse la situation et me retrouve à présent au-dessus de lui. Il laisse ses mains courir sur mes hanches alors que je m'installe sur lui après avoir retiré mon pantalon. Je me félicite intérieurement d'avoir choisi d'emmener mon bel ensemble en dentelle violine.

Les yeux de Mathieu me détaillent avec envie alors que j'ondule sur lui en frottant mon intimité sur la sienne, éveillant notre excitation à tous les deux. D'un coup de main habile, il fait sauter mon soutien-gorge, libérant ainsi ma poitrine. Il se saisit d'un sein et se relève légèrement pour le suçoter avec plaisir. Je penche la tête en arrière lui offrant ainsi une meilleure prise.

Chacune de ses caresses sur mon corps semble m'éveiller un peu plus à la vie. Mes mains parcourent également son corps, savourant la douceur de sa peau.

Soudain, je me retrouve à nouveau sur le dos, Mathieu me surplombe, décale mon string d'un doigt et joue quelques instants avec mon clitoris me faisant gémir de plaisir avant d'insérer son sexe plus gonflé que jamais en moi. Il entreprend un lent va-et-vient des plus exquis, les yeux rivés aux miens. Accroché l'un à l'autre, j'ai l'impression que nous nous redécouvrons après une longue absence, mon corps répondant instinctivement à chacune de ses caresses. Enfin, je me contracte autour de lui et je le vois se crisper de plaisir. Il reste quelques instants en moi, je sens son sexe pulser agréablement dans le mien puis il se retire lentement et roule sur le côté tout en me ramenant contre lui et nous nous endormons l'un contre l'autre épuisé, mais satisfaits d'être à nouveau ensemble.

Cette nuit-là, pour la première fois depuis l'accident, je ne fais pas de cauchemar. Je vois une longue étendue verte devant moi. Le soleil l'illumine de ses rayons alors qu'une légère brise fait remuer les brins d'herbe. Au loin, je distingue la silhouette d'un homme qui tient une femme dans ses bras en la faisant tournoyer et je distingue clairement le rire cristallin d'un enfant.

C'est sur cette dernière vision que j'ouvre les yeux. Le soleil a remplacé la lune et inonde la pièce de ses rayons. Je m'étire avec plaisir tel un chat. En tendant les bras sur le côté, je me rends compte que le lit est vide. Je me redresse brusquement prise de panique. Pourvu que Mathieu ne m'ait pas refait le coup de la dernière fois ! Mon cœur loupe un battement au souvenir horrible du départ de Mathieu.

Cependant, j'ai rapidement une réponse à ma question, car la porte s'ouvre doucement et laisse passer mon beau brun aux cheveux bouclés. Je le détaille du regard, il est habillé de son pantalon de randonnée et porte un pull à col roulé gris anthracite. Ses cheveux sont maintenus en arrière par un fin bandeau, il est juste à tomber. Il me sourit et ce sourire illumine complètement son visage. Je lui rends son sourire tout en remontant la couette sur moi. Il vient s'asseoir sur le bord du lit et m'embrasse tendrement.

— Coucou la marmotte, ça va ?

— Oui maintenant que tu es là ! J'ai eu peur que tu sois parti sans moi !

— Jamais de la vie ! Hier on a dit qu'on arrêtait les conneries !

Il plonge sa tête au creux de mon cou pour m'embrasser et me mordiller tendrement. Je ris de plaisir tout en me trémoussant. La couette glisse sur mon corps, me dénudant au passage. Mathieu s'arrête et me regarde avec envie avant de se reprendre, à mon plus grand regret.

— Allez debout ! Tout le monde nous attend !

Je peste intérieurement ! C'est ça d'avoir voulu faire la maline ! Maintenant, je suis obligée de me coltiner une randonnée avec des filles complètement hystériques qui gloussent pour tout et rien ! Je me lève à contrecœur et remets les vêtements de la veille.

Mathieu me regarde faire amusé et ne perd rien du spectacle. Je fais exprès de le chauffer et le laisse en plan une fois que je suis prête. Je le vois secouer la tête du coin de l'œil et je suis ravie du petit effet que je lui fais.

Dans la grande salle, tout le monde nous attend, sac à dos et casquettes déjà fixées sur la tête. J'ai juste le temps de me saisir d'une briquette de jus d'orange avant de rejoindre le groupe qui écoute déjà les consignes de Mathieu dehors. Les filles sont un peu dissipées et il doit les rappeler à l'ordre à plusieurs reprises.

Enfin, nous nous mettons en route. Il reste encore quelques endroits où la neige est présente et il nous faut alors planter le pied dedans pour pouvoir avancer. Je souris au souvenir du coup de pied magistral que j'avais mis à Mathieu lors de notre randonnée.

Par moment, il se retourne pour vérifier la bonne progression du groupe et me lance des clins d'œil qui en disent long sur son ressenti. Je sais que, comme moi, il repense à notre excursion dans la neige pour réaliser le souhait de Gwen.

Comme pour la première partie de la randonnée, je suis subjuguée par la beauté du paysage qui m'entoure. Il est vrai qu'en hiver cet aspect cotonneux était magnifique et féerique, mais je dois avouer qu'au printemps c'est plutôt pas mal ! Les couleurs ravivées par les rayons du soleil sont si belles que, par moments, j'en ai le souffle coupé. J'avance en silence en profitant de la magnificence du paysage qui m'entoure.

Malheureusement, « Barbie-trouble-de-l'équilibre » vient perturber ma sensation de plénitude en poussant de petits cris aigus pour attirer l'attention de Mathieu, qui aujourd'hui ne lui tend pas le bras, et de Jules qui n'en a strictement rien à faire. Mon coup de pied de l'autre jour lui a, semble-t-il, remis les idées en place !

Heureusement, toutes les filles ne sont pas désagréables et je prends plaisir à parler avec Isa, médecin dans la région parisienne, qui est ravie de faire cette excursion avec ses amies d'enfance à l'occasion de l'enterrement de vie de jeune fille de Fanny, la petite brune discrète d'hier soir. On avance dans la bonne ambiance et je dois reconnaître que c'est plutôt plaisant.

Quand enfin nous atteignons le sommet, la vue est à couper le souffle. Le ciel est dégagé et nous permet une superbe visibilité sur la plaine et le paysage alentour. Les filles dégainent leurs téléphones portables et se lancent dans une série de selfies. Je les prends en photo avec Mathieu. Barbie trouve le moyen de se mettre tout contre lui, ce qui m'exaspère au plus haut point. Si toutes les autres ont bien compris qu'il n'y avait rien à attendre de lui, elle a toujours de l'espoir !

Une fois la photo prise, je rends le téléphone et m'éloigne un peu du bruit environnant. Je me rapproche du rocher où nous nous étions installés pour déverser les cendres de mon amie et lire le message qu'elle nous avait laissé. Ma gorge se noue un peu au souvenir de ce moment si particulier. Je me hisse sur le caillou pour m'asseoir dessus, rapidement je suis rejointe par Mathieu.

Il grimpe sans aucune difficulté, passe son bras autour de mon cou et m'attire à lui. Je me laisse aller contre son torse et savoure ce moment de tendresse. J'inspire profondément son parfum et cela me fait un bien fou. Mes poumons se soulèvent avec plus de facilité depuis notre explication de la veille et je me sens moins oppressée. Je pose ma main sur sa cuisse et je dessine de petits cercles avec mon pouce tout en savourant ce moment d'intimité. Je me sens bien avec lui et je pense que cet instant est très important pour notre couple. Enfin nous nous retrouvons pour de vrai et pas n'importe où ! Sur notre montagne, là où tout a vraiment commencé pour nous.

Soudain, une idée me vient à l'esprit ! Je me redresse, fouille dans mon sac à dos et en sors un petit bracelet dont je ne me sépare jamais depuis bientôt trois mois. Je le montre à Mathieu qui me regarde intrigué.

— C'est le bracelet de naissance de Nino. J'aimerais qu'on le dépose ici. Un peu comme on l'a fait pour Gwen. Tu en penses quoi ?

Il me fixe un peu surpris. Je peux voir dans son regard une certaine forme de tristesse qui malheureusement restera gravée à jamais. Il caresse du bout des doigts le petit bracelet que je lui tends avant de répondre :

— C'est une bonne idée, pourquoi pas. Par contre, il risque de s'envoler ici.

— Pas si on le passe autour d'un caillou !

Je me laisse glisser du rocher et me mets à fouiller le sol à la recherche d'un caillou de la bonne taille. Quand enfin je le trouve, je glisse le bracelet autour et le montre fièrement à Mathieu qui m'a rejointe. Il dépose dessus un léger baiser avant de m'embrasser à mon tour. Je fais la même chose et ensuite nous cherchons du regard le bon endroit pour le déposer. Je ne veux pas qu'il soit à la vue de tous les visiteurs du site et nous finissons par trouver l'endroit parfait dominant un beau panorama sur la vallée, mais caché à la vue du public.

Mathieu tend le bras pour vraiment placer notre petit totem le plus hors de portée possible puis, quand cela est fait, nous nous redressons et regardons en silence la vue qui s'offre à nous.

Soudain, je tressaute en voyant Gwen apparaître de dos. Elle choisit toujours bien son moment pour faire son apparition ! Je lève les yeux vers Mathieu qui semble surpris. Il me regarde et bredouille :

— Tu… vois…

Ne trouvant pas les mots, il tend le doigt pour me montrer la direction de Gwen. Je n'ai pas le temps de lui répondre, car elle le fait à ma place !

— Tout va bien Mat, et n'ayez crainte, je veille sur lui.

Dans ses bras, je distingue à présent un petit bout de tissu qui remue et elle écarte un peu l'étoffe pour nous laisser entrevoir un nouveau-né et pas n'importe lequel ! Notre petit Nino ! Je ne sais plus si je dois me pincer ou pas et je sens à côté de moi Mathieu faire de même. Je me rapproche un peu plus de mon chéri qui resserre son étreinte sur moi. Nous restons là en silence, regardant Gwen partir avec notre bébé dans les bras.

Est-ce une vision, une apparition, un événement lié à la fatigue, l'émotion et le manque d'oxygène ; en tous les cas, une chose est sûre, sans se concerter, on sait qu'on a vu la même chose et l'on est rassuré de savoir que notre bébé est auprès de Gwen !

Chapitre 20

La descente est encore plus dure que sous la neige. Les cailloux roulent vraiment sous nos pieds et manquent de nous faire tomber à plusieurs reprises. Je retiens ma respiration et serre les gros orteils pour garder l'équilibre. Ce qui est complètement stupide, car ils sont bien au chaud dans mes chaussures et, si un caillou me fait glisser, qu'ils soient serrés ou pas ne changera rien. Mais c'est plus fort que moi, je suis le genre de personne à baisser la tête en passant sous un pont alors que je suis dans ma voiture, alors…

Mathieu fait fréquemment des haltes et nous tend la main pour nous aider dans les passages un peu plus compliqués. Quand arrive mon tour, je me saisis de sa main en repensant à la glissade dans la neige qui avait failli me coûter la vie. Il doit également penser la même chose, car il me dit :

— Cette fois, pas de blague. Je ne supporterai pas de te voir au fond d'un ravin une nouvelle fois.

Pour toute réponse, je lui souris et lui tire la langue en lui disant :

— Pas à chaque fois quand même.

— Avec toi et ta maladresse légendaire, je préfère me méfier !

– Pfff ! fais-je en levant les yeux au ciel.

Mais je n'ai pas le temps de faire plus, car mon pied roule sur un caillou et je manque de tomber en arrière ! Heureusement, Mathieu me rattrape au vol et me remet sur mes pieds en soufflant. Je prends quelques instants pour me remettre de mes émotions et lui dis l'air de rien :

— Ça va ! T'as toujours de bons réflexes !

Puis je reprends ma route comme si de rien n'était alors que, dans mon dos, Mathieu dit à Jules :

— Reste près d'elle, on n'est pas encore en bas et je ne suis pas rassuré !

— Pas de souci. N'empêche, c'est pas permis d'être aussi maladroite ! bougonne Jules en me rattrapant.

– Je ne suis pas maladroite ! dis-je en le fusillant du regard. J'ai un style qui n'appartient qu'à moi ! Nuance !

– Tu parles d'un style ! ricane cette andouille. Je pense que tes parents auraient dû t'expliquer que marcher c'est mettre un pied devant l'autre et non pas traîner son joli petit cul par terre comme…

Il n'a pas le temps de finir sa phrase qu'il reçoit une tape sur l'arrière du crâne. Mathieu nous dépasse l'air de rien alors que Jules se frotte la tête en râlant.

— Ça va ! J'ai dit joli petit cul par politesse ! J'aurais pu dire ton gros cul plein de cellulite ! s'exclame-t-il pour se défendre. Aïe ! crie-t-il à présent en se retournant vers moi.

— Oh pardon ! J'ai glissé ! Tu ne m'en veux pas au moins ? Je me suis retenue à ce qui dépassait…

— Ah ! Ah ! Très drôle ! T'étais pas obligée de me pincer le ventre ! Tu m'as fait un mal de chien !

— Je suis navrée. J'espère que moi et mon gros cul plein de cellulite n'avons pas fait trop mal à ta bedaine protubérante ?

— Ma quoi ?

Je n'ai pas le temps de renchérir, car mon chéri nous interrompt en lançant d'un air agacé :

— Bon ! Quand les enfants auront fini de se chamailler à l'arrière, on pourra peut-être reprendre la route !

Effectivement, tout le monde est un peu plus bas à l'arrêt et nous regarde d'un air exaspéré. C'est la meilleure ! Bientôt, on va dire que c'est de ma faute ! Je reprends la route pour les rejoindre en clamant haut et fort :

— C'est pas ma faute, c'est lui qui a commencé !

Tout le monde éclate de rire sauf Jules qui ronchonne derrière moi.

Quand enfin on arrive au chalet, il est déjà tard et nous sommes épuisés. Je me laisse tomber sur le banc de tout mon poids. J'ai les jambes qui flageolent d'avoir été aussi crispées durant la descente. Je les remue un peu pour faire circuler le sang puis, voyant que ça ne passe pas et que je suis toujours essoufflée, je me penche un peu en avant pour reprendre mon souffle. J'ai l'impression que ma tête tourne un peu et je peste intérieurement en me demandant si « Barbie-vertige » ne m'aurait pas contaminée avec son trouble de l'équilibre.

J'en suis là de mes pensées quand Isa vient prendre place doucement à côté de moi.

— Ça va aller Victoria ?

— Oui oui ! Je…

Je n'ai pas le temps de finir ma phrase que je m'écroule tête en avant sous les cris apeurés des gens qui m'entourent.

Une claque magistrale me ramène à moi ! J'ouvre des yeux étonnés et regarde autour de moi en me frottant la joue. Qui a bien pu me faire ça.

— J'ai dit donne-lui une claque ! Pas dévisse-lui la tête Judith ! s'agace Isa, munie de son stéthoscope et de son tensiomètre, en poussant Barbie vers moi.

— Ça va ! Elle a repris ses esprits au moins ! réplique la blonde en reculant, un léger sourire de satisfaction au coin des lèvres.

— Comment tu te sens Victoria ? s'informe Isa tout en prenant ma tension.

– Je me sens vide ! dis-je faiblement.

Étendue par terre, les jambes légèrement surélevées sur un banc dans la pièce de vie du chalet, je contemple le plafond en me laissant prendre les constantes docilement. La tête me tourne toujours un peu, mais semble se calmer. Au-dessus de moi, plusieurs visages sont penchés et attendent le verdict d'Isa.

— 9/5 ! Tu as toujours une petite tension ! Tu es à combien…

Elle ne termine pas sa phrase, interrompue par le retour des garçons. Ils étaient allés chercher du bois pour le gérant du gîte et n'ont donc pas assisté à mon malaise.

– Qu'est-ce qu'il se passe ici ? interroge Mathieu en nous rejoignant.

Je vois sa main pousser les filles pour découvrir ce qu'elles sont en train d'admirer. Son visage perd instantanément ses couleurs en me découvrant au sol. Il se met immédiatement à genoux et me regarde complètement paniqué. Je tente de lui sourire pour le rassurer, mais ça ne doit pas être bien joli, car il relève la tête, inquiet, vers Isa et s'informe :

— Elle a quoi ? On dirait une paralysie de la face !

Bon ok, je suis fatiguée, mais on va peut-être pas pousser mémé dans les orties, d'autant que je me pousse déjà très bien toute seule d'après mes récents exploits. Je tente de me redresser pour le rassurer, mais Isa m'appuie sur les épaules pour m'immobiliser, tout en répondant à Mathieu.

— À mon avis, elle a eu un petit coup de fatigue. C'était peut-être trop de sport pour elle aujourd'hui. C'est sûrement un contrecoup d'hier. Pour son visage, elle s'est fait mal en tombant au sol, on n'a pas eu le temps de la retenir et, pour la marque de doigts, il se pourrait que Judith ait été un peu virulente lorsque j'ai demandé qu'on lui donne une claque pour la ramener à elle !

Tous les regards convergent vers Barbie qui se tient un peu en retrait en nous regardant l'air de rien.

— Ça va ! Elle a repris ses esprits au moins ! On va pas en faire un fromage !

Un fromage non, mais elle ne paie rien pour attendre cette vipère. Je profite que tout le monde regarde ailleurs pour me redresser. J'inspire calmement par le nez et souffle lentement par la bouche en fixant un point droit devant moi.

— Oh là, là ! Doucement mon cœur ! fait Mathieu en se rendant compte que je me suis assise.

— Ça va ! Ne t'inquiète pas. C'est juste un petit coup de fatigue. Je n'ai pas beaucoup mangé aujourd'hui et la descente a été plus dure que la montée. Une bonne nuit de sommeil et il n'y paraîtra plus rien.

Je lui tends la main pour qu'il m'aide à me relever et une fois debout, je croise mon reflet dans la fenêtre face à moi et constate que, même après avoir dormi, je ne serai pas débarrassée de la trace rouge sur ma joue. Soutenue par Mathieu, je me dirige vers la chambre et me couche sur notre lit après avoir retiré mes vêtements, puis je me glisse sous la couette avec plaisir. Mathieu s'assoit à côté de moi et me caresse les cheveux tendrement.

— Ça va aller ?

— Oui, ne t'inquiète pas. Un coup de fatigue, ça peut arriver à tout le monde.

— Oui, enfin entre hier et aujourd'hui… ça ne me plaît pas trop quand même.

Je tends les bras, il vient vers moi et m'embrasse tendrement. Je sens le stress et l'angoisse dans son baiser. Le pauvre, je ne l'épargne pas depuis hier. Il interrompt notre étreinte alors que je tente de l'attirer dans le lit pour lui prouver que j'ai encore la pêche.

— Doucement, Quasimodo, il faut que tu te reposes…

— Quasimodo ?

Je le regarde choquée. Et il explose de rire.

— Je suis désolé mon cœur, mais ton visage, franchement…

Il tente de se faire pardonner en essayant de m'embrasser, mais je tourne la tête et la cache sous la couette.

— Oh ! Bébé ne te vexe pas ! Je te jure, t'es mimi comme tout et le rouge te va très bien !

— Là tu t'enfonces ! Si tu ne veux pas finir comme Frollo, tu ferais mieux de me laisser dormir !

Il reste silencieux, mais je sens bien qu'il est toujours assis sur le lit à côté de moi. Je tente de rester sous la couette, mais il fait chaud et je suis bien trop curieuse pour ne pas jeter un petit coup d'œil dans sa direction pour savoir ce qu'il fait. Je le regarde discrètement, il est de profil et semble penser à quelque chose. Sa main sous le menton tel le penseur de Rodin, il est juste superbe. Cet homme dégage quelque chose de viril et en même temps de si pur à la fois qu'il en est bouleversant. J'aimerais pouvoir deviner ce qu'il pense seulement en le regardant, mais, vu que je ne suis pas douée de super-pouvoirs, je me contente de lui demander :

— Tu penses à quoi ?

— Et bien je pensais…

Il se tourne vers moi très sérieux et me demande :

— Il lui arrive quoi à Frollo à la fin de Quasimodo ?

Un grand sourire illumine son regard alors que je remonte la couette sur ma tête, agacée par sa réflexion à deux balles ! Moi qui étais en train de l'imaginer avec des pensées hautement philosophiques… Franchement, le penseur de Rodin devait avoir des pensées bien plus intelligentes !

Chapitre 21

Une bonne nuit de sommeil, voilà ce qu'il me fallait ! Je me lève en pleine forme et m'habille avec entrain. Aujourd'hui, rien ne pourra m'arrêter. On rentre chez nous et je compte bien pouvoir profiter de mon chéri. Une fois habillée, je sors de la chambre et rejoins tout le monde dans la pièce. Mathieu m'a laissé dormir et, une fois de plus, je suis celle qu'on attend. Je me glisse à table l'air de rien et me sers un jus de fruits. Mathieu n'est pas dans la salle et doit sûrement être en train de faire son sport matinal. Les filles parlent entre elles et je les écoute en silence.

— Vous pensez que les garçons auront passé un bon moment ?

– J'espère ! répond Isa.

— Vous croyez qu'ils auront fait appel à une gogo danseuse ? demande Fanny.

Quoi ? Une gogo danseuse ! On peut trouver ce genre de nana à la montagne ? Tu me diras, pourquoi pas ! Il y a bien une Barbie à cette table ! Je tourne la tête de tous les côtés pour voir les garçons et de m'assurer qu'ils n'aient pas trouvé de gogo !

— Y'a un problème Victoria ? s'informe Isa en posant sa main sur mon épaule.

— Un peu oui ! Elle est où ?

— Qui ?

— Et bien la danseuse !

— La danseuse ? demande-t-elle étonnée.

— Oui, celle dont vous parlez !

Elle explose de rire et Fanny, qui est face à nous et nous écoute depuis le début, en fait autant. Je les regarde sans comprendre. Évidemment, ce n'est pas leur mec qui est en train de s'offrir du bon temps, mais quand même ! Un peu de solidarité féminine serait la bienvenue ! Voyant que je ne les suis pas, elles se calment et Fanny m'explique :

— Mon futur mari est parti en Espagne pour son enterrement de vie de jeune garçon. Et c'est de cela dont nous parlons. J'espère qu'il n'y aura pas eu de gogo ou d'autre fille dans le genre vois-tu...

— En Espagne ! Alors là, ma fille, tu rêves ! Je te rappelle que là-bas, avec 50 euros, t'es le plus beau !

Ouf ! Je suis soulagée à présent que je sais qu'il n'y a pas de risque ici. En même temps, je suis un peu bête ! Ma tête a dû cogner fortement sur le sol hier pour avoir cru qu'il y avait des filles comme ça dans la montagne. À moins qu'elles fassent du pole dance sur un tronc de sapin, je ne vois pas trop comment elles s'y prendraient. Je finis mon verre et le repose en soupirant une nouvelle fois de soulagement. Je regarde Fanny qui elle, par contre, ne boit plus du tout son verre. Et là, je prends conscience de ce que je viens de lui dire. Super, Vic, ta notion de solidarité féminine ! Je la regarde et lui dis gentiment :

— Mais ne te fais pas de souci. Je suis sûre qu'ils n'auront pas eu besoin de ce genre de fille. Et puis, cette histoire de 50 euros vaut surtout pour Le Perthus ou à La Jonquère. Ne t'inquiète pas.

Elle me regarde, choquée, et se lève brusquement de table en disant :

— Je vais faire mon sac !

Je la regarde partir, surprise. Quelle mouche a bien pu la piquer ? J'ai rapidement la réponse à ma question quand Isa se penche vers moi et me chuchote à l'oreille.

— Ils ont justement passé le week-end en Espagne dans ce coin-là.

— Ah ! Évidemment, je ne pouvais pas deviner…

Ma maladresse légendaire a encore frappé. Je souris pour m'excuser, mais une douleur au visage me rappelle à l'ordre. Je passe la main sur ma joue, elle semble dure est chaude. Je me lève de table et vais me regarder dans la glace des toilettes. Ma joue est violacée et semble indurée. La comparaison de Mathieu hier soir avec Quasimodo n'était pas tout à fait fausse bien qu'elle ne soit pas cool pour lui. Je quitte la pièce dépitée, car, de toute façon, je ne peux rien y faire. Je regagne la chambre pour finir mon sac et rejoins tout le monde chargée comme un mulet.

Mathieu est au milieu des filles et vient directement à ma rencontre pour m'embrasser tendrement.

— Ça va ma belle ?

— Ah ! Je suis belle aujourd'hui ? Tu ne me sers plus du Quasimodo ?

— C'était de l'humour, Vic.

— Oui je sais. Et d'ailleurs j'aurais plutôt dit Elephant Man ! C'est plus parlant, non ?

Il explose de rire en me serrant dans ses bras. Puis il me ramène vers le groupe et leur fait signe de se taire avant de prendre la parole.

— Les filles, écoutez-moi bien. Il ne fait vraiment pas beau aujourd'hui. On est très loin des belles journées des jours précédents. La descente va être un peu plus compliquée, car on va rencontrer de la pluie. J'attends de vous un peu plus de discipline. Le sol risque de glisser et, comme vous l'avez vu hier, c'est plus compliqué de descendre que de monter.

Tout le monde jette un coup d'œil vers la fenêtre et, effectivement, le ciel est gris et menaçant. Mais bon, quand faut y aller, il faut y aller. Je sors mon K-Way de mon sac et je l'enfile. On salue le gérant du gîte et nous sortons tous pour commencer notre périple.

Mathieu avait raison ; vingt minutes après le début de la descente, il commence à pleuvoir et, comme on a un facteur chance impressionnant, ce n'est pas un petit crachin, mais une pluie battante qui nous fouette le visage. Au début, on continue de descendre, mais on est rapidement obligés de s'arrêter sous les arbres.

C'est impressionnant comme la nature a encore changé en si peu de temps ! Le vert est bien plus foncé que les jours d'avant. L'odeur de la terre et de l'herbe associée à celle de la mousse est bien plus forte et plus prenante. J'adore ! J'inspire profondément, les yeux fermés, essayant de capter le maximum de fragrance. Ce genre d'odeur, on ne peut pas la sentir en ville et c'est bien dommage !

– Ça ne va pas ? demande Mathieu en venant me retrouver.

— Si, pourquoi ?

— Je m'inquiète c'est tout.

— T'as pas de souci à te faire, tout va bien. Ce week-end m'a fait le plus grand bien.

– À moi aussi ! répond-il en me faisant un beau sourire accompagné d'un clin d'œil. Bon, les filles on va repartir. On y va doucement, je rappelle que ça glisse.

Nous sortons de nos abris de fortune et reprenons la route, toujours sous une pluie battante. À croire que la montagne pleure notre départ !

Au bout de ce qui me semble être une éternité, nous arrivons enfin en vue du parking. J'en suis soulagée ! On presse le pas pour rejoindre les véhicules le plus vite possible. On est trempés jusqu'aux os et je crois que nous rêvons tous d'une douche bien chaude. Quand enfin nous arrivons aux voitures, j'ouvre les bras brusquement en criant :

— Alléluia !

Ma main heurte quelque chose de dur et un cri résonne dans mon dos. Je me retourne et vois Barbie au sol. Bah merde ! Elle a vraiment des troubles de l'équilibre cette conne ! Elle me regarde méchamment, comme si j'y étais pour quelque chose si elle fricote avec elle sol ! Après tout, chacune son tour !

– Ça va ? demande Fanny en se penchant sur elle pour l'aider à se relever.

— Non ça ne va pas ! Cette folle vient de me casser le nez !

Elle se frotte le pif doucement en se relevant et me fusille toujours du regard. Tout le monde jette un œil au tarin de Barbie qui semble effectivement un peu gonflé. Isa vient évaluer les dégâts.

— Calme-toi. Y'a une bosse certes, mais ça ne semble pas cassé, diagnostique cette dernière.

— Non, mais elle est tarée ! T'as vu le coup qu'elle m'a mis ? En plus je suis couverte de boue maintenant !

— Oui bah ça va, excuse-moi. Je pensais pas que tu étais aussi près de moi ! Et la boue c'est super bon pour la peau ! dis-je avec un clin d'œil.

— Oui, elle ne l'a pas fait exprès. C'est un accident, confirme Fanny pour la calmer.

– Et puis, on dira que c'est un prêté pour un rendu ! dis-je en bougonnant tout en me dirigeant vers la voiture de Jules.

– Elle a dit quoi ? s'énerve Barbie.

– Rien ! s'exclament ses amies pour éviter la dispute.

Je suis prête à renchérir, mais Jules me pousse vers la voiture. Alors que je commence à dire :

— Avec un pansement sur le nez, tu vas pouvoir dire que tu t'es fait refaire le pif...

Elle s'énerve et est prête à venir en découdre. Pour couper cours à la dispute, Jules ouvre la portière et me fait entrer dans la voiture. Il referme la porte sur moi et dit à Mathieu :

— Tu nous rejoins chez toi ?

— Oui, emmène-la.

Jules lui fait un signe de la tête et me rejoint dans la voiture, après avoir mis nos sacs dans le coffre. Il démarre ensuite rapidement, en mettant le chauffage. Je secoue la tête pour enlever les gouttes de pluie qui coulent de mes cheveux sur mon visage. Malgré la capuche, je suis pourtant trempée. Je me contorsionne pour retirer ma veste dont l'humidité me donne froid.

— Mais tu as fini de bouger comme un ver ? En plus, t'es en train de pourrir toute ma bagnole ! Entre tes pieds pleins de boue et tes fringues trempées merci !

— Oh ça va ! Ce n'est qu'une voiture. Pourquoi Mathieu n'est pas venu avec nous ?

— Il devait ramener les filles à leurs véhicules. Et aussi calmer celle à qui tu as failli casser le nez.

— Oh ça va ! Elle n'avait rien ! C'était du chiqué ! J'ai pas fait tant d'histoires hier quand elle m'a transformé la tronche ! répliqué-je en lui montrant mon visage.

Il me regarde, fait une grimace et puis se met à rigoler. On se détend dans la voiture en reprenant la route de chez moi. Quand il s'engage dans l'allée, il me dit en se garant :

— Je te dépose et ne m'éternise pas.

Je le regarde, un peu surprise ; habituellement, il a du mal à décrocher de son fauteuil. Il me sourit et s'explique :

— Je suis content que vous ayez pu percer l'abcès. Vous avez besoin de temps maintenant.

Il a vraiment le don de m'étonner. Il a toujours une pensée adorable et bienveillante. Il est bien loin de l'image du connard que je m'étais faite le premier soir où je l'ai rencontré. Je le prends dans mes bras pour lui faire un câlin. Il est vraiment adorable ! C'est un peu le frère que je n'ai pas eu. Lorsque je le lâche et tente de lui faire un sourire. Il me regarde en grimaçant de dégoût.

— Évite ce genre de chose ! Je te jure, tu fais peur !

Pour toute réponse, je lui tape le bras avant de descendre de la voiture. Je vais récupérer mon sac dans le coffre. Jules est sorti en même temps que moi et me regarde amusé.

— Tu fais quoi ?

— Je suis mouillée jusqu'à la culotte ! C'est pas très agréable vois-tu !

— Je te fais tant d'effet ?

— N'importe quoi ! Allez, rentre chez toi au lieu de dire des conneries. Et merci pour tout.

Il me fait un signe de la main et je le regarde partir avant de rentrer me mettre au chaud dans la maison.

En ouvrant la porte, je pose la main sur les sabots en bois de Gwen qui trônent fièrement dans l'entrée, puis lâche mon sac par terre, une flaque d'eau se forme immédiatement sur le carrelage. Puis je retire l'intégralité de mes vêtements pour ne pas tremper toute la maison.

La porte s'ouvre dans mon dos et Mathieu apparaît sur le seuil. Je me retourne, surprise, je ne m'attendais pas à ce qu'il rentre aussi vite. Je le vois sourire de plaisir en me retrouvant en soutien-gorge et culotte de dentelle. Il referme la porte derrière lui et me regarde avec envie.

– Mais que vois-je ? dit-il en passant sa langue sur ses lèvres.

Je m'avance vers lui d'un pas lent et, d'un coup, la connerie me prend et je lui dis d'une voix rauque :

— Je suis un être humain, je ne suis pas un animal !

Il explose de rire et me prend dans ses bras tout en m'embrassant. Je m'accroche à son cou et savoure ce moment que j'attendais depuis si longtemps, lui et moi dans notre maison !

— Que t'es bête ! Je suis content de te retrouver enfin ! Je t'aime Elephant girl.

Pour toute réponse, je l'embrasse avec passion à mon tour, alors qu'il m'attire dans la salle de bains pour un bain coquin en amoureux.

Chapitre 22

Les jours et les semaines passent. Doucement, nous essayons de trouver une nouvelle vitesse de croisière. Nous ne pouvons pas dire que nous reprenons notre vie comme avant, car il s'est passé trop de choses depuis la mort de Nino. Mais nous arrivons malgré tout à retrouver un rythme grâce à notre amour. Mathieu part régulièrement en excursion avec des groupes et je me retrouve fréquemment seule à la maison. Même si nous avons parlé et que des mots ont été mis sur nos maux, il n'en reste pas moins que mon accouchement et la perte de notre bébé restent des blessures encore bien douloureuses avec lesquelles il faut composer au quotidien. Passer devant la chambre de Nino, à présent débarrassée de tout ce qui la meublait, me fait un mal de chien. Le vide de cette pièce résonne avec violence dans mon ventre qui ne porte plus la vie. Malgré tout, je laisse volontairement la porte ouverte de peur de ne plus pouvoir trouver la force de l'ouvrir. Mais, chaque fois que mon regard se porte à l'intérieur, je me demande si un jour j'aurai le courage de retenter l'aventure. Je ne supporterai pas de perdre une nouvelle fois un bébé.

C'est appuyée contre le chambranle de la porte que Mathieu vient me retrouver. Il me rejoint et me prend dans ses bras. J'appuie ma tête sur son torse et soupire du plaisir de le savoir de retour après une semaine en montagne.

— Ça va mon cœur ? s'informe-t-il, inquiet.

— Oui. Tu sais, ça me fait toujours aussi mal de passer devant cette pièce et pourtant je ne peux pas me résoudre à fermer la porte de peur qu'elle ne s'ouvre plus jamais pour nous.

Pour toute réponse, il inspire profondément, son nez niché dans mes cheveux et reste quelques instants silencieux. Je ferme les yeux pour savourer ce moment. Il me serre fort dans ses bras et je ressens ainsi la puissance de son amour. Puis il me fait pivoter, j'accroche mes bras à son cou et plante mon regard dans ses beaux yeux émeraude. Il me sourit et me dit :

— J'ai quelques jours devant moi. On part en vacances ? Ça nous fera du bien.

Je suis ravie de son initiative d'autant que je dispose de quelques jours moi aussi.

— Je suis tout à fait d'accord, par contre j'avais promis à maman que je viendrais la voir durant l'été.

— Et bien ok. Mais on se trouve un truc à louer alors. On ira la voir, mais j'ai besoin de passer du temps seul avec toi.

— T'es un grand optimiste toi ! Trouver une location en plein mois de juillet en bord de mer, je pense que c'est perdu d'avance.

— Il ne faut jamais dire jamais !

Il me lâche et dégaine son téléphone pour se mettre immédiatement à la recherche de notre futur lieu de vacances. Je lève les yeux au ciel, tout en partant dans notre chambre commencer les valises. D'une manière ou d'une autre, nous irons dans le sud, alors autant sortir les minis robes, shorts et maillots de bain.

– Mon optimisme a payé ! dit Mathieu en déboulant dans notre chambre, brandissant le portable en signe de victoire. Un mobil-home dans un camping en bord de mer ! Désistement de dernière minute d'après le gérant !

– Il n'y a de la chance que pour la canaille ! dis-je en lui sautant dans les bras pour l'embrasser.

– Oui et je suis une sacrée canaille ! réplique-t-il en riant et en me posant sur le lit, l'œil coquin laissant présager de la suite de notre après-midi.

*****

Assise sur la banquette arrière de la voiture, je regarde le paysage défiler à toute allure. Il fait chaud et le ciel est bien bleu, ce qui annonce une belle semaine en perspective. Tout pourrait presque être parfait si nous partions en amoureux comme c'était prévu. Mais Jules est venu se greffer à nos vacances… Il y a vu l'opportunité de rejoindre Justine et a sauté sur l'occasion. Heureusement, une fois arrivé à Perpignan, il rejoindra sa chérie et nous laissera profiter de nos vacances.

Après plusieurs heures de route et des kilomètres de bouchons, nous voilà enfin arrivés ! Nous déposons Jules chez Justine puis nous les laissons se retrouver et gagnons notre camping. Je suis heureuse de retrouver mon sud et ma Méditerranée (oui, c'est la mienne !). Après avoir rapidement déposé nos bagages au mobil-home, nous partons directement à la plage. On étend nos serviettes sur le sable et on s'installe côte à côte. Le soleil réchauffe ma peau, le bruit des gens autour de nous et la mer me bercent ; je finis par sombrer dans une sieste réparatrice.

Quand j'ouvre les yeux, Mathieu n'est plus allongé sur sa serviette. Je me redresse et scrute la mer pour voir s'il se baigne. Effectivement, il est dans l'eau. Je le regarde plonger à plusieurs reprises et sortir de l'eau en lançant sa tête en arrière, ses cheveux allant se plaquer sur son crâne d'une manière qui n'atténue en rien sa virilité. Son corps musclé est mis en valeur dans ce décor de rêve et les filles présentes sur la plage n'en perdent pas une miette.

Je m'apprête à me lever pour le rejoindre, mais je suis arrêtée dans ma lancée.

— Victoria ?

Je me retourne, surprise, et me retrouve nez à nez avec un ancien collègue de travail.

— Liam ! Bin ça alors !

— Je me disais bien que c'était toi ! Qu'est-ce que tu fais là ?

Il fait un pas vers moi et me serre dans ses bras pour me saluer. Je suis surprise par ce contact si intime d'autant qu'il ne s'agit que d'un ancien collègue de travail avec qui je n'avais pas plus de relations que ça. Il me lâche enfin et me dit :

— Ça fait un moment que je ne t'ai pas vue, tu deviens quoi ?

J'ouvre la bouche pour répondre, mais je suis interrompue par Mathieu qui débarque dans mon dos et me passe devant pour saluer Liam à son tour.

— Bonjour, Mathieu, le mec de Vic. Tu es ?

— Euh… un ancien collègue.

Mathieu ne répond pas et continue de lui broyer la main en silence.

— Mathieu, il est temps de lui rendre sa main.

— Quoi ? demande-t-il surpris en me regardant.

— Sa main !

— Ah ! Oui, pardon mec.

— Ce n'est rien, répond Liam en récupérant sa main et en la frottant pour faire circuler le sang à nouveau. Bon, ben, Vic à une prochaine peut-être, dit-il en s'éloignant sans demander son reste.

Je regarde mon amoureux pour qu'il m'explique et lui demande :

— Alors ?

— Bin rien ! J'ai été courtois, non ?

— Si tu le dis ? J'aurais plutôt dit que tu as fait ton homme des cavernes, mais bon...

— J'ai dit bonjour !

Voyant que je n'en tirerais rien, je m'installe à nouveau sur ma serviette. Il me rejoint rapidement et pose sa main sur mon dos pour bien signifier aux gens qui nous entourent que je suis sa copine. Je souris à cette idée et replonge dans un sommeil des plus agréables alors qu'il caresse ma peau doucement, provoquant d'exquises sensations.

— Allez mon petit loir, debout.

— Hum ? Quoi ?

— Il est temps de rentrer.

Je regarde autour de nous, le soleil est descendu et la plage s'est pas mal vidée. Nous ramassons nos affaires et regagnons le camping main dans la main. J'apprécie cette sensation d'être touriste dans ma propre région.

*****

Deux jours que nous sommes là et c'est un réel plaisir. J'ai déjà vu maman qui est venue manger avec nous au restaurant puis nous sommes aussi allés manger chez elle. Jules et Justine nous ont proposé de venir chez eux, mais nous préférons que ce soit eux qui viennent plutôt au camping pour garder la sensation d'être en vacances.

J'ai prévu de servir du melon et nous avons acheté une paella sur le marché, repas typiquement sudiste. Nous mangeons tous les quatre en savourant le plaisir de se retrouver. Jules dévore Justine du regard et ils ne se lâchent pas la main. Je les trouve trop mignons tous les deux.

Une fois le repas pris, nous décidons d'aller faire un tour à la plage. Étendus sur le sable, on profite des plaisirs simples de la mer. Les yeux rivés sur la grande bleue, je regarde une fille s'essayer au paddle. Elle tangue dangereusement et manque de tomber à plusieurs reprises. Je souris en la voyant faire.

– Qu'est-ce qui t'amuse autant ? demande Mathieu en posant sa tête sur mes cuisses.

Je lui montre d'un signe de tête la fille qui vient juste de tomber de sa planche. Il rigole à son tour et me dit :

— C'est pas si évident que ça, tu sais.

— Tu crois ?

— Et bien, allons tester !

Il se lève et m'entraîne vers le loueur de paddles. Il nous explique le béaba et nous voilà en mer en train de nous essayer aux joies de l'équilibre sur l'eau. Sur la plage, Jules et Justine se foutent ouvertement de notre tête. Je monte à nouveau sur la planche, mes jambes tremblent, je serre les orteils au maximum pour me cramponner comme je peux et me sers de ma pagaie comme d'un balancier pour faire équilibre. Quand enfin mes jambes arrivent à stopper leur tremblement, je crie victorieuse !

— C'est qui la patronne ? C'est moi la patronne !

Tout en clamant ça, je donne un coup de pagaie dans l'eau pour faire avancer la planche et en file un coup en direction de Mathieu qui a à peine le temps de baisser la tête pour l'éviter. Ce qui me fait perdre l'équilibre et je finis ma prouesse dans l'eau. Il vient vers moi agacé et me retire l'arme du crime des mains, estimant que je suis trop dangereuse.

– Franchement, je ne sais pas comment on peut t'autoriser à avoir une seringue dans les mains ! ricane bêtement Jules en rejoignant son copain pour ne pas le laisser seul dans l'eau.

Je m'installe à côté de Justine en bougonnant :

— C'est pas juste, c'est moi qui avais envie de tester la première !

— Râle pas ! Ça nous permet de nous voir un peu sans les garçons. Comment tu vas ?

— Bien ! Pourquoi tu demandes ça ?

— Pour rien. Je te trouve un peu fatiguée.

— Bin, essaie de tenir debout en équilibre sur une planche en pleine mer et tu verras si ça ne te met pas KO !

Elle sourit et me pousse de l'épaule gentiment. On regarde quelques instants les garçons s'amuser sur la planche comme deux gamins. Ils se bousculent et se font tomber éclaboussant les gens qui ont le malheur de passer trop près d'eux.

Soudain, deux mecs viennent se placer devant nous.

— Salut les filles ! Ça va comment ?

On les regarde surprises alors qu'ils s'accroupissent pour engager un peu plus la conversation.

— On voulait vous proposer de venir passer un moment avec nous au bar à côté !

– Et bien c'est bien gentil, mais on n'est pas disponibles et on a des copains ! réponds-je gentiment pour les éconduire.

— Bah c'est pas grave. On n'est pas jaloux ! répond le mec en dévisageant Justine d'un air salace.

— Et bien ça tombe mal, parce que nous, si ! tonne Mathieu en passant derrière moi et en me jetant une serviette sur les épaules.

Les deux dragueurs du dimanche se relèvent en levant les mains pour montrer qu'ils ne veulent pas d'histoires et s'en vont sans demander leur reste. Je ne peux m'empêcher de rire et Justine en fait de même. Les garçons, eux, ne rigolent pas en s'installant à nouveau sur leurs serviettes à côté de nous. Je retire le tissu éponge que Mathieu m'a jeté dessus, mais il me regarde agacé.

— Quoi ?

— Tu ne veux pas la garder ?

— De quoi ? La serviette ?

Il me fait signe que oui de la tête.

— Non j'ai trop chaud ! Et je n'ai pas peur des coups de soleil, je viens de me remettre de la crème indice 50.

— Oui ben ça repousse pas les sangsues !

— Les quoi ?

— Les mecs qui te tournent autour. J'avais oublié que mer plus soleil mettaient en ébullition les hormones chez les mecs ! À chaque fois qu'on est à la plage, il faut qu'il y ait un mec qui te tourne autour ! En même temps, avec ton maillot de bain, pas étonnant !

— Oh t'es jaloux ! C'est trop mignon ! dis-je en l'embrassant.

Il accepte mon bisou alors que je le plaque sur le dos, il pose ses mains sur la chute de mes reins pour me coller à lui et me faire sentir le désir naissant à son entrejambe. Je souris de plaisir tout en pestant intérieurement d'être sur la plage au milieu de plein de monde.

Jules se gratte d'ailleurs la gorge de manière absolument pas discrète pour nous signifier que nous dérapons. Je me redresse à contrecœur et regagne ma place alors que Mathieu se couche à présent sur le ventre pour cacher la bosse dans son short de bain.

Depuis que nous sommes arrivés ici, c'est la fête tous les jours et même plusieurs fois par jours. Comme si nos deux corps cherchaient à rattraper le retard suite à ces derniers mois d'éloignement.

Quand le soleil commence à décroître dans le ciel, nous regagnons le camping. Mes jambes sont lourdes et ont du mal à me porter sur le chemin, me faisant trébucher à de nombreuses reprises. Une fois arrivés au terrain, on envoie les garçons chercher les pizzas que nous avons commandées et restons seules sur la parcelle.

J'étends les serviettes sur l'étendoir quand soudain ma tête se met à tourner. Je ferme les yeux pour tenter de me canaliser, mais c'est pire et je me sens partir sans pouvoir me rattraper.

– Vic ! crie Justine dans mon dos.

Elle me rattrape à temps avant que je ne touche le sol. Elle me secoue vivement et je finis par rouvrir les yeux. Je me sens très fatiguée tout à coup.

– Ça va ? s'alarme-t-elle.

— Oui. C'est sûrement un petit coup de fatigue. Le paddle, j'ai pas l'habitude !

Elle me regarde sceptique et m'aide à me relever. Je lui souris pour la rassurer et lui dis :

— Ça va mieux. C'est juste un coup de mou !

— Je ne suis pas sûre. Tu as vu le médecin dernièrement ?

— Non, pas besoin.

— Jules m'a expliqué ton malaise à la montagne lorsque vous avez retrouvé Mathieu.

— Fatigue, contrecoup de randonnée, émotions plus altitude ! Ça fait un joli cocktail !

— Mouais !

— Si, je te jure. Regarde, ça va déjà mieux. Pas besoin d'alarmer Mathieu avec ça. Tu ne lui en parleras pas, hein ?

Je lui fais mes yeux de chat pour l'amadouer et, comme à chaque fois, cela fonctionne.

— Bon ! Mais si tu promets de te ménager !

— Oui maman !

Chapitre 23

Assise à la table du club de plage, je regarde le ciel changer de couleur au fur et à mesure que le soleil disparaît derrière notre montagne reine catalane, le Canigou ! Pour notre dernière soirée, Mathieu a tenu à venir manger en amoureux les pieds dans le sable. C'est tout naturellement que nous nous sommes installés au club de plage de Sainte-Marie. Il y a beaucoup de monde, car ce soir c'est soirée salsa. La musique est agréable et elle donne un air de dépaysement supplémentaire au lieu qui, en lui-même, est déjà pas mal.

Les vagues viennent s'échouer à quelques mètres de moi dans un rythme régulier, alors que les enfants des couples venus se restaurer dans cet endroit paradisiaque jouent tranquillement dans le sable. Je les regarde faire attendrie, en attendant Mathieu qui n'en finit pas d'arriver !

Il m'a donné rendez-vous ici, car il est parti avec Jules en Espagne pour acheter de l'alcool avant de rentrer chez nous et, n'ayant pas eu envie de l'accompagner au Perthus, j'ai préféré rester seule aujourd'hui. Maman est passée me tenir compagnie avant de rejoindre son chéri pour leur soirée dansante traditionnelle en ville. Après son départ, j'ai fait une petite sieste puis je suis venue tranquillement à pied jusqu'au restaurant, en profitant pour longer la plage les pieds dans l'eau.

— Je vous offre un cocktail, mademoiselle ?

Je lève la tête et découvre un grand blond aux yeux bleus perçants, un peu trop maigre à mon goût, qui se penche vers moi, le sourire ravageur et l'air super sûr de lui. Je lui souris par pure politesse avant de l'éconduire, mais il insiste.

— Allons ! Vous êtes seule et moi aussi ! Partageons notre solitude ensemble !

Déjà, il tire la chaise en face de moi et commence à s'asseoir tranquillement, l'air de rien devant mon regard médusé. Il me fait un clin d'œil et reprend son sourire Colgate ! Soudain, une grande main s'abat sur son épaule, le faisant sursauter, et la voix de Mathieu passe par-dessus la musique et clame :

— Cette place est prise ! Alors tu bouges de là ou je te fais danser la salsa !

Le grand blond se retourne prêt à riposter, mais, quand il voit la carrure sculpturale de Mathieu, il déchante rapidement et rend sa place à mon chéri sans demander son reste. Ce dernier, mécontent, s'installe sur la chaise alors que je me lève pour l'embrasser.

— T'en as mis du temps !

– Oui, c'est ce que je vois ! bougonne ce gros jaloux.

— Ah bah, tu connais le dicton ! Qui va à la chasse perd sa place !

— Ouais, ben je connais aussi la suite ! Qui va à la pêche la repêche !

J'éclate de rire devant son air renfrogné. Il tire encore un peu la tronche, mais quand il finit par comprendre que je n'ai d'yeux que pour lui, il se détend et nous commandons deux cocktails. En attendant nos commandes, je tente de relancer la conversation. Il me raconte son périple pour arriver jusqu'en Espagne, la circulation et le monde dans les magasins.

— Et oui ! Il fallait s'en douter. Tous les touristes vont là-bas faire le plein de clopes et d'alcool ! Tout bon Catalan sait qu'il ne faut pas s'y rendre en pleine journée. Soit tu y vas très tôt le matin ou tard le soir, mais pas en plein après-midi comme vous l'avez fait !

— J'avoue que tu as eu raison de ne pas venir. Et je suis désolé d'être arrivé aussi tard. Mais bon, je vois que tu as eu de la compagnie ! dit-il en désignant de la tête le serial dragueur qui a déjà trouvé une autre victime.

J'explose de rire en voyant que son accès de jalousie ne l'a pas encore lâché. La serveuse arrive sur ces entrefaites et dépose nos boissons. On trinque les yeux dans les yeux, à la lueur des guirlandes électriques. Je goûte une gorgée de ma boisson à la saveur noix de coco et là j'ai presque l'impression d'être dans les îles ! Entre le décor, la musique et maintenant le cocktail, c'est vraiment idyllique. Mathieu sirote sa boisson en me fixant. Au bout d'un moment, je lui demande :

— Tu penses à quoi ?

— À notre retour.

— Déjà ! Tu devrais profiter, on aura vite repris la routine du boulot !

— Ouais ben au moins, chez nous, y'a moins de dragueurs !

— Que tu crois ! Monsieur Marin m'a mis la main aux fesses il y a deux semaines !

— Ouais ben tu vois, ce genre de chose, je peux mieux le gérer et le digérer !

— Surtout venant d'un papy de presque 90 ans !

— C'est bien pour ça que je peux le gérer !

Il sourit, se penche par-dessus la table et m'embrasse tendrement. Puis il tend la main et m'invite à me lever pour aller danser. Nous nous rendons sur la piste et commençons une danse lascive vraiment « caliente » ! Il me fait tournoyer et je lui découvre un côté danseur latino qui lui va plutôt bien et que je ne me serais pas imaginé. Une danse en entraîne une autre et encore une autre. On se cherche d'une manière différente et les regards qu'il pose sur mon corps me font frémir. J'ai vraiment chaud, de plus en plus chaud. J'ai envie d'aller m'asseoir, mais il semble tellement bien s'amuser que je n'ose pas lui dire. Déjà, il m'emporte dans une nouvelle salsa endiablée. Je me déhanche lentement, mais bientôt, je m'essouffle puis un coup de chaleur me prend et ma vue se trouble. Je m'arrête de danser et soudain, tout tourne autour de moi ! Je vois le visage de Mathieu s'alarmer avant de sombrer dans le noir complet.

— Mademoiselle ! Vous m'entendez ? Ouvrez les yeux, répondez-moi !

Lentement, je tente d'ouvrir les yeux, mais mes paupières sont lourdes et semblent peser une tonne chacune. De petites tapes sur les joues me font revenir à moi et je finis par ouvrir les yeux. Je mets quelques secondes avant de retrouver une vision nette et me trouve nez à nez avec un pompier.

— Comment vous sentez-vous ?

De la tête, je fais signe que ça va, mais je n'ai pas la force de parler. Déjà on me prend la tension et je referme les yeux.

— Reste avec nous mon cœur !

La voix de Mathieu, complètement paniqué, me parvient aux oreilles. Je rouvre les paupières et le fixe pour tenter de garder les yeux ouverts. Ses mains tremblantes caressent mon visage. Le pompier termine la prise des constantes et communique son bilan au SAMU qui demande un transport. Je tente de manifester mon désaccord, mais Mathieu l'ignore et demande à ce qu'on m'emmène à l'hôpital de Perpignan.

Je tente de protester faiblement, mais déjà on m'installe sur un brancard. Je quitte la terrasse du club de plage sans même un dernier regard vers la mer.

Je ne vois pas le temps passer pendant le transport, sûrement que je dois dormir. Je suis tellement lasse. Une fatigue intense m'envahit peu à peu. Quand on arrive à l'hôpital, je me sens projetée quelques mois en arrière. Avant, c'était moi qui réceptionnais les patients ici et là, cette année, cela fait deux fois que je fais appel au service des urgences. Le brancard entre dans la salle de tri, il y a du monde et du bruit. J'entends l'un des pompiers exposer mon cas à l'infirmière d'accueil. Pendant ce temps, je vois Mathieu sortir son portable, je tends la main pour attirer son attention.

— Qu'est-ce qu'il y a mon cœur ?

— Brouille…

— Mais non je ne suis pas en colère !

— Quoi ?

— Tu me dis brouille. Je te dis que je ne suis pas fâché.

— Mais non. Il y a un brouilleur de ligne. Tu ne peux pas appeler.

— Ah ! Bon je vais dehors, je reviens, ok ?

Je lui fais signe que oui et referme les yeux. De toute façon, maintenant qu'on est là, on va devoir attendre. Et vu le monde dans la salle, j'en ai pour des heures, alors autant en profiter pour dormir.

— Victoria ?

Bon ! Il semblerait que le personnel en ait décidé autrement… J'ouvre les yeux pour découvrir un visage connu.

— Babette !

— Bin alors, qu'est-ce qui t'arrive ma grande ? Je croyais que tu vivais dans les Alpes ?

— C'est bien le cas. Mais, tu vois, quand je viens en vacances, je ne peux pas m'empêcher de venir faire un bisou aux anciens collègues !

— C'est gentil à toi ma belle. Bon, alors voyons.

Elle prend ma feuille d'admission et commence à la lire. Levant les yeux, elle voit passer un collègue et lui fait signe de nous rejoindre. C'est encore quelqu'un que je connais qui lui-même en interpelle un autre et, très rapidement, je me retrouve entourée de blouses blanches et deviens le centre d'attraction.

— Bin ma pauvre, t'as mauvaise mine.

— Tu as mal quelque part ?

— Je vais aller voir si on peut faire avancer les choses, lance Babette.

Soudain, Mathieu déboule au milieu du personnel, complètement affolé.

— Vic !

Je lève le bras pour lui montrer que je suis là, au cas où il ne m'aurait pas reconnue dans ma blouse de patiente. Son visage change immédiatement en voyant que je vais bien, si on peut dire ça comme ça ! Je le présente à mes anciens collègues, qui le saluent gentiment, avant de retourner à leurs occupations respectives. Seule Babette revient armée d'un garrot et d'un plateau.

— Allez ma belle, j'ai vu un interne qui a accepté de rédiger une ordonnance pour un bilan complet. Après je t'emmènerai dans un box pour que tu attendes ton tour au calme.

Elle me pique rapidement et nous voilà partis pour deux heures d'attente minimum. Mathieu tire une chaise près de mon brancard et s'assoit en me prenant la main. Il me dépose un baiser et me regarde un peu stressé.

— T'inquiète pas. C'est juste un coup de fatigue.

— Ouais, enfin c'est ce que tu me dis depuis des mois ! Ça fait trop de malaises à mon goût quand même. Et je n'aime pas ça !

Je lui souris faiblement sans répondre. De toute façon, que dire d'autre ? On prend notre mal en patience et je ferme les yeux pour reprendre ma petite sieste. Mais, décidément, le repos ne me sera pas accordé aujourd'hui, car la porte du box s'ouvre brusquement au bout de quelques minutes.

— Vic !

Bon, si personne n'avait compris que je suis là, à force de hurler mon prénom partout, on va finir par le savoir ! Justine et Jules entrent dans la pièce et s'approchent du brancard.

— Qu'est-ce qu'il s'est passé ?

— Elle a eu un malaise avec perte de connaissance !

– Encore ! s'exclame Justine. Ça commence à faire beaucoup là ! Déjà l'autre jour, j'étais à deux doigts de l'emmener consulter.

– L'autre jour ? s'étonne Mathieu.

– Elle en a eu un autre ? demande Jules à son tour.

— Elle est réveillée, elle est là et elle vous entend ! dis-je sarcastique.

Trois paires d'yeux se braquent sur moi et Mathieu demande :

— Tu as eu un autre malaise ? Quand ?

— Rien de bien méchant. Je dirais plutôt un coup de chaud.

– Arrête de tout dédramatiser ! s'énerve-t-il brusquement avant de quitter la pièce.

Un silence s'abat subitement dans la salle. Jules me regarde quelques instants avant de rejoindre son ami dehors, me laissant avec Justine qui s'installe sur la chaise.

— Alors ?

— Bin rien ! Je sais pas pourquoi je suis fatiguée comme ça. Je pense que mon corps subit le contrecoup de ce qu'il s'est passé cette année. Ça a été assez éprouvant quand même.

— Je suis d'accord avec toi, mais ça commence à faire beaucoup maintenant.

Je ne réponds pas et regarde la porte du box, pour guetter le retour de Mathieu. La façon dont il a quitté la pièce me dérange. Je le sens inquiet et il semble m'en vouloir un peu. Justine soupire à côté de moi et me dit sans que je ne lui aie rien demandé :

— Il s'inquiète !

— Quoi ?

— Il s'inquiète. Il a peur qu'il t'arrive la même chose qu'à Gwen et on ne peut pas lui en vouloir. Elle lui a caché sa maladie, d'après ce que tu m'as dit et ce qu'il a laissé échapper tout à l'heure en nous prévenant.

— Mais je n'ai pas de leucémie.

— Je l'espère aussi ! Mais reconnais que ton attitude présente des similitudes avec celle de Gwen.

Je détourne la tête et réfléchis en silence à ce que mon amie vient de me dire. Elle n'a pas tort. Je peux comprendre qu'il soit inquiet. Mais si j'ai dédramatisé, c'est justement pour ne pas l'inquiéter ! Justine me passe la main sur les cheveux avant de me dire :

— Je vais voir comment il va et si je peux faire avancer les choses.

Elle sort de la pièce et me laisse une nouvelle fois seule. Un coup d'œil à ma montre m'indique qu'il est bientôt 21 heures. Tu parles d'une soirée romantique ! Et dire qu'il y a quelques heures on était en train de danser sur des rythmes latinos !

J'en suis là de mes pensées lorsque la porte du box s'ouvre, laissant apparaître Marc !

Chapitre 24

— Victoria !

— Marc !

De tous les médecins qui bossent dans cet hôpital, il faut que je tombe sur lui ! Et puis d'ailleurs qu'est-ce qu'il fait là ce con ?

— Tu es venu pourquoi ? T'es pas en médecine générale toi ?

Il me sourit, ce qui a pour effet de déformer son visage d'une manière qui ne le met pas à son avantage. Je le regarde dégoutée. Comment ai-je pu le trouver beau ? Ce type était vraiment une erreur de casting, j'avais vraiment de la merde dans les yeux ou quoi ? Il s'avance, mon dossier médical à la main, et m'explique :

— Je prends parfois des gardes aux urgences pour dépanner. Le monde est vraiment petit ! Qui m'aurait dit que je te croiserais ici ? Tu ne vivais pas dans les Alpes après m'avoir quitté pour un montagnard ?

— Si ma mémoire est bonne, je ne t'ai pas quitté ! Tu m'as trompée, nuances. Et pas qu'une fois d'après ce que je sais.

Il sourit à nouveau tout en continuant de parcourir mon dossier. La porte s'ouvre et Mathieu rentre dans la pièce et vient me rejoindre en saluant le médecin d'un signe de tête. Il n'a pas encore reconnu Marc. En même temps, ils ne se sont vus qu'une seule fois alors, avec un peu de chance, ils ne se reconnaîtront pas.

— Alors docteur ? s'informe Mathieu en s'assoyant et me prenant la main tout en regardant en direction de Marc.

— Ah ! Bah, il est là le montagnard ! Je pensais qu'il s'était barré en apprenant la nouvelle !

Mathieu fixe Marc et semble enfin le reconnaître. Me voilà bien ! Fatiguée et complètement impuissante entre mon ex et mon mec ! Nickel ! Tout va bien, je ne vois pas ce que je pourrais espérer de mieux. La main de Mathieu se serre autour de la mienne, me l'écrasant presque au passage. Je ne dis rien et regarde Marc qui semble prendre un malin plaisir à vivre cette situation.

— Bon ! Tu as des choses à me prescrire avant d'autoriser ma sortie ou bien on reste là à se dévisager ? finis-je par demander, agacée.

Marc reporte son attention sur moi et me détaille un instant des pieds à la tête. Il commence vraiment à être lourd, son attitude est de plus en plus déplacée et finit par me mettre mal à l'aise. S'il continue ainsi, j'en connais un qui va finir par péter un câble ! D'ailleurs, ça ne loupe pas ! Mathieu s'énerve et se lève brusquement en disant :

— Bon ! Quand tu auras fini de reluquer ma copine, tu nous diras peut-être ce qu'elle a ?

L'autre con continue de me mater ouvertement sans prendre la voix menaçante de Mathieu au sérieux. Ce dernier pète les plombs comme je l'avais prédit. La fatigue, le stress et l'angoisse ont raison de sa patience qui pourtant est grande habituellement. C'est la première fois que je le vois en pareil état, mis à part la nuit où il a tout cassé dans la chambre de Nino. Et s'il en arrive à ce stade-là, je ne donne pas cher de la peau de Marc.

— T'as pas changé en tous les cas, Vic. Toujours aussi bien foutue ! réplique Marc d'un air lubrique.

Avant que je ne me rende compte de quoi que ce soit, Mathieu bondit par-dessus le brancard et agrippe Marc par le col de sa blouse, le soulève presque de terre et le plaque contre le mur sans ménagement.

— Bon, ça suffit maintenant ! Sois tu deviens professionnel et tu nous dis ce qu'il lui arrive, soit tu nous envoies un collègue compétent qui saura se tenir !

— Mathieu ! tentais-je de le calmer faiblement depuis mon brancard.

— Oui, Mathieu, reprenez-vous ! Je me contentais de faire un examen médical, réplique Marc d'un air tout à fait innocent.

Si je ne le connaissais pas comme je le connais, je lui donnerais le Bon Dieu sans confession. Mais Mathieu ne se laisse pas berner par son air angélique et répond :

— Ah oui ? En reluquant ainsi ma copine !

— Oui ! Je la détaille ainsi parce que je me demande où elle cache son bébé !

Le poing de Mathieu se lève prêt à exploser le visage de Marc. Je ferme les yeux, ne voulant pas voir ce qui va suivre. Heureusement, Jules entre à ce moment-là dans la pièce et le retient in extremis.

— Lâche-moi ! Je vais me le faire, ce connard ! s'exclame Mathieu fou de rage.

— Mais calme-toi. Le médecin n'y est pour rien ! tente de le calmer Jules en resserrant sa prise autour de mon chéri.

— Il n'y est pour rien ? Cette petite merde vient d'insulter Vic et, en plus, il prend un malin plaisir à retourner le couteau dans la plaie !

– À quoi ? s'étonne Marc en rajustant son col et en passant entre le mur et Mathieu pour s'extraire de la zone à risque.

– La plaie, connard ! hurle Mathieu qui essaie de faire lâcher Jules pour finir ce qu'il a commencé avec Marc.

Celui-là, en grand courageux, passe de l'autre côté de mon brancard, pour maintenir une distance de sécurité respectable entre lui et le montagnard en colère qui le dévisage. Il reprend son dossier, le regarde à nouveau et relève la tête en nous regardant tour à tour.

— Je m'étonne juste que Victoria n'ait pas plus de rondeurs à ce stade avancé de la grossesse !

Le silence retombe dans la pièce. De surprise, Jules lâche Mathieu qui semble transformé en statue. Pour ma part, heureusement que je suis couchée sur mon brancard, car un nouveau vertige me prend et me brouille la vue. Mes oreilles sifflent un peu et je ne suis pas sûre d'avoir bien entendu ce que Marc vient de nous dire.

— Attendez, vous semblez surpris ! Vous n'étiez pas au courant ? s'étonne ce dernier.

Je lui fais signe que non de la tête, complètement sous le choc de la nouvelle.

— Ok, alors il va falloir que je te transfère aux urgences gynécologiques. Il va falloir faire une échographie de datation. Parce que tu es enceinte et d'après la prise de sang, pas que d'un mois !

Ce n'est pas possible ! Il doit forcément se tromper. Il a dû y avoir un échange de tubes ou même de dossier. Il y a un monde fou ce soir aux urgences et c'est le genre d'erreur qui peut arriver. Il a dû vouloir me jouer un mauvais tour en voyant mon nom sur le dossier.

Je le regarde quitter la pièce, il semble mal à l'aise et, avant de fermer la porte, il nous lance :

— Je vais m'occuper de demander le transfert, ça ne sera pas long.

Chapitre 25

Allongée sur la table d'examen aux urgences gynécologiques, j'attends que le spécialiste arrive pour m'examiner. Assis à côté de moi, Mathieu reste comme prostré tout en contemplant mon ventre qui est complètement plat. Je trouve ridicule et mal venu de me faire cet examen. Je le saurais si j'étais enceinte ! Perdue dans mes pensées, je regarde les murs constellés d'affiches d'embryons, spermatozoïdes, ovules, et j'en passe... Je commence à trouver le temps vraiment long. Je m'agace, remue et finis par tenter de me redresser avec la ferme intention de prendre mes cliques, mes claques et mes ovaires et de rentrer chez moi.

– Tu fais quoi ? demande Mathieu en me voyant faire.

— Je veux rentrer ! Tu vois pas que Marc se fout de notre gueule ! Je suis sûr qu'il n'a jamais accepté que je sois partie et il a voulu nous jouer un mauvais tour, voilà tout !

Mathieu semble réfléchir à cette hypothèse, comme s'il pouvait y avoir une autre explication ! Cela m'agace au plus haut point et je lui dis en lui montrant mon ventre :

— Tu trouves que je ressemble à une femme enceinte ?

Je ne lui laisse pas le temps de me répondre et le fais à sa place.

— Non ! Tu m'as déjà vue enceinte ! J'avais des envies, j'avais un petit bidon tout rond et mes seins étaient bien plus volumineux. Et ça, tu ne peux pas dire que tu l'as oublié, vu la manière dont tu aimais jouer avec !

— OK, OK ! Je suis d'accord avec toi. Mais toutes les grossesses sont différentes ! Et puis l'autre connard a bien dit qu'il ne savait pas à quel stade en est la grossesse ; donc, ton corps n'a peut-être pas eu le temps de se développer…

— N'importe quoi ! On ne va pas se laisser embrouiller par Marc ! Viens, on s'en va. Ramène-moi chez nous.

— Non ! Même si ce n'est pas une grossesse, on reste là ! Je ne rentre pas à la maison sans connaître la raison de ta fatigue et de tes malaises à répétition ! D'ailleurs y'en a eu d'autres ?

— D'autres quoi ?

— Malaises ! Il semblerait que tu ne me dises pas tout d'après ce qu'a laissé échapper Justine. Je suis en droit de me demander si tu as fait plus de malaises que ceux auxquels j'ai assisté.

Il me regarde d'un air qui prouve qu'il n'a pas l'intention d'en rester là. Agacée, je me recouche sur le brancard et remonte sur ma tête le drap qui jusqu'à présent recouvrait mes jambes. Je laisse le silence envahir la pièce, mais, à travers le tissu, je sens bien que Mathieu me fixe toujours. Il me laisse quelques instants, histoire de me calmer un peu, avant de revenir à la charge en tirant sur le drap afin de m'obliger à le regarder.

— Vic ?

— Non !

— Non quoi ?

— Non ! Je te jure, je n'ai pas eu d'autres malaises !

Il plisse les yeux en mode scanner. Comme s'il cherchait à vérifier dans ma tête si je dis bien la vérité. Je lui fais les gros yeux, histoire qu'il comprenne qu'il commence à me saouler. Il souffle un peu en secouant la tête et me dit en me prenant la main tendrement.

— Écoute Vic. Je n'ai pas vu quand Gwen est tombée malade. Je n'ai pas su voir qu'elle avait un problème et qu'elle avait besoin de moi, et je m'en voudrai toute ma vie pour ça ! Alors, comprends un peu mon stress de voir ton état se détériorer. Ce n'est peut-être rien comme tu le dis et je l'espère ! Mais permets que je me rassure et ne partons pas comme ça sur un coup de tête. Je t'aime et je ne veux pas te perdre ! Je ne le supporterais pas !

Sa déclaration me touche énormément. Ses yeux sont empreints de tristesse et je me sens soudain bien sotte d'avoir pris son attitude protectrice à la légère. Je lui fais signe d'approcher, il se lève alors que je m'assois et vient se placer entre mes jambes. Je passe mes bras autour de son cou et l'embrasse tendrement. Sa bouche se fait pressante contre la mienne et je peux ressentir le stress qui le submerge, mais aussi tout l'amour qu'il a pour moi.

La porte s'ouvre, laissant filtrer la lumière du couloir alors que, depuis qu'on nous a installés dans la salle, nous sommes dans la pénombre. Le médecin entre, suivi de l'infirmière qui nous a accueillis lors du transfert dans le service.

— Bonsoir, je suis le docteur Garcia. Je suis désolée pour l'attente, j'étais en bloc opératoire. J'ai également pris le temps de parler avec l'urgentiste qui vous a vue en bas. Il semblerait que ce soit une découverte de grossesse, c'est bien ça ?

— Une suspicion docteur, dis-je, réaliste.

— Suspicion ? Si je me réfère au bilan, il n'y a pas de doute possible !

À côté de moi, Mathieu ne peut se retenir d'échapper un petit sourire. Cela me fait mal au cœur. Il a tellement d'espoir que j'ai peur que la chute ne soit rude pour lui quand ils vont se rendre compte de l'erreur qu'ils ont commise. Je me dois donc d'expliquer la situation au médecin, même si cela m'arrache le cœur de devoir le faire.

— Écoutez docteur. J'ai perdu un bébé mort-né à 6 mois de grossesse en février suite à un accident de voiture. Depuis, je n'ai pas eu de retour de couches. Le gynécologue qui me suit dans les Alpes m'a dit que cela pouvait arriver après un traumatisme. Alors, comprenez notre étonnement lorsque Marc, enfin je veux dire votre confrère, nous a annoncé la nouvelle tout à l'heure. Il y a énormément de monde ce soir aux urgences adultes et il est possible qu'une erreur ait été commise. Attention, je ne remets pas en cause la fiabilité de l'établissement, mais nous sommes tous humains et le risque zéro n'existe pas.

Elle me regarde, surprise par ce que j'avance, sans pour autant me contredire. Elle me laisse finir d'avancer ma thèse et, quand elle voit que j'ai dit tout ce que j'avais à dire, elle me répond :

— Effectivement, je n'avais pas connaissance de cette grossesse interrompue en février.

À ces mots, Mathieu perd immédiatement son sourire et cela me fait mal au cœur. Il attend tellement de ce rendez-vous depuis que Marc a lâché sa bombe tout à l'heure. Je suis peinée de voir que cela lui tient tellement à cœur. Mais je n'ai pas le temps de réfléchir plus à sa souffrance, car la gynécologue reprend :

— Comme vous le soulignez très bien, le risque zéro n'existe pas. Aussi, pour dédouaner tout risque de grossesse, je vais vous proposer une échographie qui, au moins, aura le mérite de lever définitivement tout doute. Et au moins, si erreur il y a, on pourra la réparer.

Je suis prise au piège ! Cette femme a retourné la situation contre moi. Je fais quoi moi, maintenant ? Je ne suis pas prête à revivre une échographie maintenant ! Elle doit s'en rendre compte et s'approche de nous calmement comme on le ferait pour tenter de dompter une bête sauvage. Elle approche un petit tabouret à roulettes et prend place calmement. Elle nous regarde et nous fait comprendre sans un mot qu'on va y aller doucement, à notre rythme. Mathieu est toujours debout devant moi, je lève les yeux vers lui à la recherche d'un peu de courage. Je ne sais pas comment je vais vivre l'annonce de l'erreur médicale, car, même si je pense qu'il y a eu un souci au niveau des résultats, j'ai maintenant un espoir infime qu'ils soient exacts.

Mathieu recule d'un pas pour libérer mes jambes et me permettre de me recoucher sur la table d'examen. Lentement, je m'exécute en tentant de calmer les tremblements qui m'envahissent. Mathieu reprend sa place sur la chaise à mes côtés et la rapproche le plus près possible. Il me prend la main et y dépose un baiser pour m'insuffler du courage. On se regarde quelques instants dans les yeux, on inspire profondément en même temps puis nous regardons le médecin pour lui confirmer que nous sommes prêts. Elle nous sourit et se saisit d'une des sondes d'échographie. Elle soulève le drap qui recouvre mon ventre ainsi que la blouse de bloc dont on m'a affublée en arrivant aux urgences.

Je ne peux retenir un sursaut lorsqu'elle fait couler le produit gélatineux pour effectuer l'échographie, pourtant elle m'a bien prévenue que ça allait être froid. Mais cette sensation me ramène inévitablement au mois de février et à cette échographie funeste où l'on m'annonçait la mort de mon bébé !

Lorsqu'elle pose la sonde sur mon ventre, je ferme les yeux pour ne pas voir l'écran de contrôle. Elle le remarque immédiatement et nous dit :

— Je vais tourner l'écran pour ne pas vous perturber, d'accord ? À présent, il n'y a que moi qui peux voir ce qui se passe !

Je rouvre les yeux doucement et constate qu'elle dit vrai. Je la regarde étaler doucement le gel sur mon ventre avec une douceur extrême. Elle a compris combien la situation est dure et délicate pour nous et elle agit de la manière la plus douce qui soit. Mathieu me presse la main et je le regarde en tentant de lui sourire pour le rassurer.

Les minutes s'écoulent et elle continue de faire bouger la sonde de long en large sur mon ventre. Je commence un peu à perdre patience. Il ne faut pas dix minutes pour voir si oui ou non il y a un bébé là-dedans ! Y'a pas énormément de place pour se cacher ! La gynécologue sent mon agacement, soulève la sonde et nous dit :

— Bon ! J'ai deux nouvelles. Je commence par quoi ?

— Bin, je ne sais pas.

— Faites comme vous le sentez, répond Mathieu en me pressant la main.

Je fais de même lorsque je vois la toubib ouvrir à nouveau la bouche. Elle a le pouvoir de nous asséner le coup de grâce et je le redoute énormément ! Je me raccroche à mon chéri, ne sachant à quoi m'attendre.

— Et bien, tout d'abord félicitations à tous les deux ! Vous êtes enceinte, madame !

Quoi ? Qu'est-ce qu'elle dit ? Je suis complètement sous le choc et plaque ma main libre sur ma bouche pour atténuer le cri que je pousse sous le choc de la nouvelle qu'elle vient de m'annoncer. Mathieu, quant à lui, pose sa bouche sur nos mains enlacées et expire longuement pour évacuer la pression subie depuis l'annonce de Marc. Mes oreilles bourdonnent et je me dis que j'ai sûrement dû mal comprendre ce que la gynécologue vient de dire, mais elle reprend :

— Par contre…

Ah, nous y voilà ! Il y a une couille dans le pâté et c'est maintenant que les choses vont se gâter pour nous ! Elle doit voir que je déchante, car elle sourit pour m'encourager et reprend :

— Je disais donc, par contre, la grossesse est déjà bien avancée !

Nous la regardons, surpris, sans pour autant comprendre ce qu'elle veut dire.

— Bien avancé comment ? finit par demander Mathieu, la voix tremblotante.

— Je dirais environ 4 ou 5 mois !

— Ce n'est pas possible ! Je n'ai aucun signe !

— Je ne suis pas d'accord avec vous ! Vous avez des malaises depuis combien de mois ?

Euh, bonne question. Je ne les ai pas comptés, je n'y ai même pas vraiment fait attention puisque c'était lié, d'après moi, à la fatigue et à la situation que nous vivions. Mathieu compte à rebours sur ses doigts pour déterminer le mois de conception. Pour ma part, je suis sous le choc et ne peux rien faire de cohérent.

– Avril ou mars ? demande Mathieu au bout de quelques instants.

— C'est ça, confirme le médecin.

Il me regarde perplexe et attend de moi une confirmation.

– En avril, j'étais parti ! dit Mathieu, toujours en comptant sur ses doigts.

— Tu sous-entends quoi ? dis-je piquée au vif.

— Rien ! Je compte...

— Tu veux que je te rappelle une certaine nuit de fin mars...

Il me regarde, d'abord intrigué, puis soudain la lumière se fait et le souvenir de notre première relation sexuelle suite à la perte de Nino lui revient en mémoire.

– Oh ! laisse-t-il échapper, gêné.

— Bon est-ce que vous désirez voir ce bébé ?

Je suis émue et stressée à la fois. Je n'arrive plus à parler alors je me contente de hocher la tête en signe d'approbation. Elle tourne le moniteur vers nous et se saisit une nouvelle fois de la sonde. Elle la pose sur mon ventre et recommence l'examen.

Sur l'écran, l'image de notre bébé apparaît. Ma vue se trouble et je suis submergée par l'émotion ! Devant moi, je vois ce petit être bouger légèrement. Il est déjà bien grand effectivement et je me demande comment j'ai pu passer à côté des signes de grossesse. Comme si la gynécologue avait entendu ma question, elle m'explique :

— Avec le drame que vous avez vécu, il n'est pas étonnant que vous ayez fait un déni de grossesse.

– Mais comment va le bébé ? demande Mathieu, inquiet.

— À première vue, bien, tenez écoutez le cœur.

Un boum boum retentit dans la pièce me coupant le souffle.

— Je vous laisse un cliché de l'écho et pars établir votre bon de sortie, finit par nous annoncer la gynécologue en m'essuyant le ventre.

— Euh ! Elle peut sortir ? s'étonne Mathieu.

— Oui ! Maintenant, on sait d'où viennent la fatigue et les malaises. Il vous faut du repos et ça ira vite mieux.

Elle quitte la pièce et nous laisse seuls. Je tiens dans la main l'image de notre bébé. Je n'en reviens pas ! Dire qu'il est là depuis des mois et que je n'avais rien vu, ni ressenti ! Mathieu se rapproche et contemple l'image que je tiens précieusement en main, puis il m'embrasse tendrement sur le front. Je ferme les yeux et savoure cet instant de plénitude. Mathieu pose sa main sur la mienne et lentement il place nos mains enlacées sur mon ventre que nous n'avions pas touché de cette manière-là depuis février.

Je lève les yeux vers lui et il pose son front contre le mien puis, de sa main libre, il essuie ma joue où une larme de bonheur commence à couler.

– Je t'aime Victoria ! chuchote-t-il avant de m'embrasser tendrement, faisant voler une nuée de petits papillons dans mon ventre.

Chapitre 26

– Je n'y crois pas ! dit maman en pleurant.

La main sur la bouche, elle nous regarde les yeux pleins de larmes. Avant de reprendre la route ce matin, nous avons tenu à venir lui apprendre la nouvelle. Et quelle nouvelle ! Car nous les enchaînons depuis hier soir.

Au réveil ce matin, quel étonnement en découvrant ma silhouette ! Mon ventre qui, hier encore, était désespérément plat se retrouve joliment arrondi. Mathieu n'en finit plus de le caresser. Et moi, j'ai besoin de regarder souvent l'échographie pour m'assurer que je ne rêve pas, mon ventre ne suffisant pas à me rassurer.

— Oh mes petits ! Je suis tellement heureuse pour vous ! Mais comment est-ce possible ? reprend maman, toujours sous le choc.

– Tu veux sérieusement que je t'explique comment on fait les bébés maman ? lui dis-je d'un air amusé.

– Mais que tu es bête ! dit-elle en me tapant gentiment le bras. Dieu merci, même si le moule est cassé, je sais encore comment on fait !

— Maman ! Je ne veux rien savoir ! dis-je en me bouchant les oreilles.

— Ah ! C'est toi qui as cherché ma grande ! Plus sérieusement, tu es enceinte de 4 voire 5 mois ? Mais comment ? Hier encore on ne voyait rien !

— Ça s'appelle un déni de grossesse, répond Mathieu très sérieusement.

Depuis qu'on est rentrés des urgences, il passe son temps sur Google à lire tous les articles concernant le déni de grossesse. À ce rythme-là, il va devenir expert sur le sujet ! D'ailleurs, il reprend d'un ton savant :

— Avec le traumatisme de l'accident et la mort de Nino, le cerveau de Victoria a rejeté les signes que son corps lui envoyait. Mais maintenant qu'elle sait que bébé est là, son corps est libéré et fait apparaître au grand jour les signes de grossesse ! Bébé s'était simplement bien caché durant tout ce temps, mais son évolution a été somme toute normale.

— Euh… D'accord, bredouille maman, devant l'étalage de tant de savoir.

— Bon, c'est pas tout ça, mais on a encore la route à faire et il faut que « Monsieur-Larousse » se repose avant de reprendre le travail demain ! On va y aller maman.

Après un gros câlin et des recommandations de prendre soin de moi, nous pouvons enfin reprendre la route. Assis sur la banquette arrière, Jules n'en finit pas de râler :

— J'aime pas être derrière. Je suis sûr que Vic aurait été mieux installée sur la banquette !

— Y'a pas à discuter. Elle peut étendre ses jambes devant et incliner son fauteuil, elle reste devant, répond Mathieu sans laisser la possibilité à son copain de riposter.

Les kilomètres défilent et je me surprends à caresser mon ventre par moments. Ce geste, que je trouvais anodin avant l'accident, a maintenant une importance primordiale. De plus, je me sens coupable de ne pas avoir senti mon enfant. Je suis triste de ne pas lui avoir laissé la possibilité de s'exprimer plus tôt. Est-ce que cela fera de moi une mauvaise maman ?

La main de Mathieu vient rejoindre la mienne sur mon ventre, interrompant mes pensées. Je lève les yeux vers lui et lui souris alors qu'il pose sur moi un regard rempli d'amour. Il dessine de petits cercles de son pouce sur ma main, je me cale un peu plus dans mon siège et finis par m'endormir bercée par la voiture et les caresses de mon amoureux.

*****

Une semaine que nous sommes rentrés de vacances et les gens s'étonnent lorsqu'ils me voient. Bien sûr, nous sommes allés voir la maman de Mathieu le jour même de notre arrivée et elle n'en revenait pas ! Elle n'en finissait plus de taper dans ses mains en criant : « Oh mon Dieu ! Oh mon Dieu ». Là encore, « Larousse Man » a fait son exposé sur le pourquoi du comment du déni de grossesse afin que tout le monde comprenne bien ce qui se produit dans mon ventre.

Ma gynécologue a tenu à me recevoir en urgence, et a bien confirmé la grossesse. De toute façon, vu le rythme auquel évolue la taille de mon ventre, il n'y a plus aucun doute !

– Y'en a combien là-dedans ? demande Jules en me regardant me lever du canapé.

— Quoi ?

— T'as vu le ventre que t'as ! Je me demande simplement s'ils n'ont pas oublié de regarder dans un coin si y'en a pas un autre de caché !

Pour toute réponse, je lève les yeux au ciel, alors que Mathieu passe derrière lui et lui donne une calotte sur l'arrière du crâne. Puis il vient me rejoindre et me prend dans ses bras.

— Elle est très belle comme ça !

Il se penche et dépose un tendre baiser dans mon cou qui me fait frémir de plaisir.

Depuis l'annonce de cette grossesse, nous nous sommes vraiment retrouvés. Certes, nous étions en bonne voie après nos retrouvailles à la montagne, mais maintenant, c'est presque comme avant l'accident, avec cependant une petite douleur qui restera toujours dans nos cœurs. Aujourd'hui, il est encore plus protecteur avec moi et a exigé du médecin qu'il m'arrête dès à présent. D'ailleurs, je n'ai pas protesté, car j'avoue avoir une légère appréhension à conduire. Je préfère rester au repos à prendre soin de notre bébé.

*****

Les mois défilent à une vitesse impressionnante. J'essaie de savourer chaque instant que le Bon Dieu veut bien m'accorder avec mon bébé, malgré la crainte persistante que tout s'arrête du jour au lendemain. Mathieu aussi reste inquiet, même s'il tente de me le cacher. Il fait un maximum de choses dans la maison pour m'épargner le plus possible si bien que je commence à m'ennuyer ferme.

Le mois de décembre arrive enfin et il neige déjà depuis mi-novembre. Je ne sors plus de chez moi depuis l'apparition des premiers flocons. De toute manière, j'ai pris tellement de poids que je roule plus que je ne marche et, à ce rythme-là, je finirais en bonhomme de neige avant d'être arrivée au bout de l'allée.

On a réaménagé la maison, car je refuse que le bébé dorme dans la chambre que nous avions prévue pour Nino. J'ai également refusé d'acheter quoi que ce soit pour lui de peur de nous porter la poisse. Avec Mathieu, nous avons refusé de connaître le sexe de bébé pour préserver la surprise. Et puis, après tout, cette grossesse a commencé sous le signe de la surprise, alors pourquoi ne pas la poursuivre ainsi ?

Assise dans mon rocking-chair, je me balance tranquillement en contemplant la montagne face à moi. Emmitouflée dans le plaid en laine que je me suis fabriqué au crochet (il a bien fallu que je mette tout mon temps disponible à profit), je rêvasse en caressant mon ventre. Bébé ne devrait plus tarder et je me demande quand il décidera de pointer le bout de son nez.

— Tout va bien mon amour ? demande Mathieu en rentrant dans la pièce et en venant directement vers moi pour m'embrasser et caresser mon ventre à son tour.

Instantanément, un petit coup vient percuter sa main comme pour lui signifier que, oui, tout le monde va bien. Il sourit béatement à ce contact. J'en ai les larmes aux yeux. Bébé est toujours très actif comme s'il avait compris qu'il fallait qu'il bouge souvent pour nous rassurer.

Bon, s'il pouvait éviter de le faire de 2 à 4 heures du matin, ça serait cool, car je commence sincèrement à être fatiguée de ne pas dormir comme il faut la nuit. Mathieu en rit, disant qu'il me prépare aux futures nuits interrompues par biberon ou coliques. Mais il rira moins quand il le vivra en direct !

*****

La maison décorée pour les fêtes n'attend plus que nos invités. Toute la famille ne va pas tarder à arriver pour le réveillon de Noël. Jules et Justine seront également de la partie. Ils viennent d'emménager dans la région et Justine deviendra bientôt ma nouvelle collègue de travail. Dans la salle de bains, je finis de me préparer et tente d'entrer dans une robe à paillettes que j'ai commandée sur internet pour l'occasion. Mais il semblerait qu'il y ait eu erreur sur la commande, car je ne rentre pas dedans ! Mathieu qui m'entend pester finit par passer la tête dans l'entrebâillement de la porte pour voir ce qui se passe.

— Y'a un problème Vic ?

— Oui, et pas qu'un petit !

Il me regarde d'un air interrogateur, attendant que je lui expose le problème. Je tente une nouvelle tactique pour entrer dans la tenue que j'ai choisie, mais c'est un nouvel échec. J'expire lentement pour tenter de calmer mes nerfs, ce qui ne fonctionne absolument pas, et je lui expose mon problème.

— Il se passe que la société qui vend cette robe s'est trompée sur la commande ! Ils ont fait une erreur de taille !

— Elle est trop petite ?

— Ah ah ! Non, trop grande voyons ! dis-je sarcastique.

– Tu aurais dû commander la taille au-dessus ! laisse-t-il échapper.

Je le fusille du regard ! Visiblement, il ne tient pas à sa vie ! Je lui tourne le dos et tente le tout pour le tout, je rentre le ventre espérant ainsi pouvoir la fermer, mais c'est un nouvel échec. Dans mon dos, un rire retentit et je me retourne vivement, prête à en découdre. Mathieu arrête instantanément de rire et recule même devant mon regard. La robe roulée sur les hanches, la poitrine maintenue difficilement dans mon soutien-gorge de grossesse, j'avance vers lui le doigt pointé d'un air menaçant !

— Mon petit gars, je serais toi, je reculerais lentement et fermerais la porte avant qu'une parole vienne en entraîner une autre.

Il recule d'un pas supplémentaire en levant les mains en signe de paix alors que je lui claque la porte au nez. Une fois qu'il se croit en sécurité dans le couloir, je l'entends dire :

— Sinon mon cœur, on s'en fout de ta tenue. Ton jogging d'hier soir fera bien l'affaire !

Non, mais, c'est sûr, il ne tient pas à la vie ! Je rouvre la porte et le fusille du regard une nouvelle fois pour qu'il comprenne où il peut se carrer ses conseils ! Heureusement pour lui, Justine arrive sur ces entrefaites. Je lui dis de monter pour me venir en aide.

Elle entre dans la salle de bains et a du mal à cacher son fou rire. Mon regard, qui en dit long sur mon agacement, la calme et elle se rapproche pour voir comment m'aider.

— T'es sûre que c'est la bonne taille ?

Mauvaise question ! Mais qu'est-ce qu'ils ont tous à la fin ? Je suis enceinte et en fin de grossesse, mais je ne suis pas un pachyderme quand même ! Et puis, sur le site ils disaient bien « élastique » ! Et bien il semblerait que ce soient des menteurs !

— Non, mais, ma chérie, stretch ne veut pas dire extensible à l'infini !

— Ah ! Alors tu penses que c'est foutu ?

— Je pense que cette robe ne te mettra pas en valeur ce soir. Attends-moi deux secondes, je reviens.

Elle sort de la pièce. En ouvrant la porte, je constate que nous avons deux spectateurs indésirables qui ne perdent pas une miette du drame que je vis. Justine leur fait signe de ne rien dire et referme la porte derrière elle. Croyant que je ne les entends pas, ils gloussent comme des canes. S'ils continuent, je vais me les farcir et les servir au dîner !

À peine le temps d'envisager la torture que je pourrais leur infliger, Justine revient armée d'une paire de ciseaux et d'une chemise de Mathieu. Je la regarde amusée et lui dis en tendant les bras pour me saisir de l'arme :

— Tu me proposes de me venger sur ses fringues ! Bonne idée !

Elle m'arrache les ciseaux des mains et me gronde alors que j'allais commencer :

— Ça ne va pas la tête !

— Mais ils sont méchants !

— T'as un grain des fois ! T'as quel âge ? Je te ramène de quoi te faire une tenue ! Retire-moi ce bout de chiffon avant qu'il ne fasse garrot.

J'obtempère devant l'air menaçant de mon amie. Effectivement, une fois la robe retirée, je me sens moins serrée. Elle me fait signe d'enfiler la chemise, mais, au moment où je m'apprête à passer les bras, elle me fait signe d'arrêter.

— Non attends ! Lève les bras, voilà ! Je vais attacher les boutons, et les manches vont venir se nouer derrière ton cou. Une chance que Mathieu soit si grand et toi si petite !

— Je ne suis pas petite ! J'ai la bonne longueur de jambes pour qu'elles touchent le sol, figure-toi.

Elle sourit à ma répartie et continue de s'activer autour de moi. Elle se saisit de ma robe et y passe un coup de ciseaux !

– Ma robe ! me lamentais-je.

— Ça va ! De toute façon tu ne passeras pas dedans, alors autant qu'elle serve.

Elle passe autour de mon ventre le tissu pailleté qu'elle vient de découper et en fait une jolie ceinture de grossesse. J'observe le résultat assez satisfaite. Elle me laisse et je prends le temps de me maquiller avant de rejoindre tout le monde au salon. Face au miroir, je repense au Noël précédent. On était heureux et insouciants, on avait décidé de découvrir le sexe du bébé entourés de notre famille et on était loin de se douter de l'année que nous allions vivre. D'ailleurs, j'ai du mal à me dire que nous avons vécu tout ça en si peu de temps, j'ai l'impression d'avoir vieilli de dix ans.

Après avoir appliqué le gloss sur mes lèvres, je range mes affaires dans l'armoire de toilette et décide de remettre dans leur tiroir toutes ces pensées douloureuses. En descendant l'escalier qui mène au salon, j'entends tout le monde parler et je me dis que j'ai de la chance de pouvoir avoir toute ma famille avec moi. Mathieu me regarde descendre avec des étoiles dans les yeux. Son regard en dit long sur ce qu'il ressent. J'ai l'impression d'être une jeune étudiante à son bal de promo. Il me tend la main et m'aide à franchir les dernières marches.

Nous nous installons dans le salon et commençons à prendre l'apéro. Tout le monde parle joyeusement tout en savourant les bonnes choses que maman et Martine nous ont préparées. Assise dans mon fauteuil, je trône telle une reine, mais je n'arrive pas à trouver le confort. Je me dandine d'une fesse sur l'autre, mais pas moyen de trouver la bonne position. Je décide de me lever, marcher me fera peut-être du bien et je rejoins Jules qui a l'air d'expliquer un truc super rigolo à Justine et à ma mère. Je pousse Justine d'un léger coup de ventre et prends place à côté de Jules qui continue ses explications.

— Alors la dame me répond, je voulais la gare routière pas la gare SNCF !

Tout le monde explose de rire, du coup je me sens obligée d'en faire autant ! Je pose ma main sur son épaule et suis le mouvement. Je dois probablement rire trop fort, car, soudain, je me fais littéralement pipi dessus ! Super gênée, je ne sais plus où me mettre. Et Jules qui ne m'aide pas.

— Merde, Vic ! Tu viens de me pisser sur mes godasses !

— Euh pardon ! dis-je embêtée.

Tout le monde me regarde et le pire c'est que je n'arrive pas à m'arrêter ! Ça n'en finit plus de couler. Et je ne peux plus marcher non plus. Je suis là, impuissante au milieu de mon salon, pataugeant dans le pipi ! Joyeux Noël !

— Vic, je ne crois pas que tu sois en train d'uriner, me dit Justine en me regardant inquiète. Tu as mal au ventre ?

— Au ventre ? Non, pour…

Je n'ai pas le temps de finir ma phrase qu'une douleur me lacère le ventre et me plie en deux. Instantanément, Mathieu est à côté de moi.

— Mon cœur, ça va ?

— Oui ! Euh, non !

Une nouvelle douleur me terrasse encore une fois.

— Non ça va. Je vous assure. Je vais aller m'asseoir ça ira mieux.

Je me dirige comme je peux vers mon fauteuil, Mathieu sur mes talons et sous les yeux de ma famille.

— Vic, je pense qu'il serait temps de prendre ton bagage et de te diriger vers la maternité.

Je lui fais signe que non de la main et m'assois sur mon siège. À peine mes fesses touchent-elles le fauteuil que je me relève brusquement en me tenant le ventre à deux mains.

– Bon, ça suffit ! s'exclame Mathieu agacé. On prend ton sac et on y va !

– Je veux pas y aller ! dis-je en m'accrochant aux accoudoirs de mon fauteuil.

— Ne dis pas de sottises. Tu vois bien que ça ne va pas.

— C'est faux !

Je le défie du regard, mais ne peux pas en dire plus, car une nouvelle douleur vient me couper le souffle. Justine quant à elle débarque dans le salon en criant :

— J'ai les affaires !

– Super ! répond Mathieu en me décrochant les doigts un à un de leur prise.

Une fois que j'ai lâché, il me conduit doucement vers l'entrée alors que je freine des pieds. Il regarde par la fenêtre et constate que sa voiture est bloquée par toutes les autres. Il semble ennuyé et commence à évaluer ce qu'il doit faire. Dans l'intention de lui apporter mon aide, je lui dis :

— Écoute, je vais aller me coucher et on verra demain !

— N'importe quoi ! Jules, tu nous conduis s'il te plaît ?

– Euh, je passe mon tour ! répond ce dernier.

Mathieu le foudroie du regard.

— Non, mais comprends-moi ! Elle va saloper toute ma voiture !

— Et bien tu la laveras !

— Non, il a raison ! Je sens que j'ai pas tout évacué. Je risque de tâcher toute la banquette arrière ! tentais-je lamentablement de protester.

— Oui, et bien à ce rythme-là, c'est ton bébé que tu vas évacuer sur la banquette arrière, alors tu discutes pas et tu montes dans la voiture, me sermonne Justine.

Voyant que je ne fais pas le poids, malgré ma forte corpulence nouvellement acquise, je suis obligée de les suivre. Jules démarre au quart de tour et s'engage sur la route. Il neige à gros flocons et la route est entièrement recouverte. Je commence à paniquer et à hyperventiler. Le souvenir de mon accident est omniprésent dans ma mémoire. Mathieu est assis près de moi et me caresse le ventre pour me rassurer. Je me saisis de sa main et me raccroche à lui pour tenter de me calmer. À chaque virage, je ferme les yeux de peur que la voiture ne quitte la route. Enfin, on se gare devant les urgences au bout d'un temps que je ne saurais définir et Jules descend pour aller prévenir de notre arrivée.

Mathieu descend à son tour et m'aide à sortir. J'ai du mal à bouger et j'arrive non sans mal à m'extirper de l'habitacle. Je suis trempée et j'ai froid, de plus ma chemise doit être transparente, offrant mon postérieur à la vue des passants.

Je n'ai pas le temps de réagir, car Jules revient muni d'un fauteuil roulant, une infirmière sur les talons. Ils me hissent sur l'engin à roulettes et nous prenons la direction de la salle d'accouchement.

— Le bébé est prévu pour quand ? s'informe l'infirmière.

— Il y a eu un déni de grossesse, mais elle arrive au bout. Tenez, voici le dossier, lui dit Mathieu.

Elle l'ouvre et prend connaissance des informations pendant qu'on m'installe.

Munie d'un gant, elle se place entre mes cuisses.

— Allez, on va vérifier où on en est !

Elle insère ses doigts et me dit rapidement :

— On va s'installer parce que bébé arrive aujourd'hui.

— Non ! Vous vous trompez et puis c'est pas un bon jour pour accoucher ! Non, je rentre chez moi ! Mathieu ramène-moi s'il te plaît.

— Non mon cœur, il va falloir y aller et je suis là avec toi, tente-t-il de me rassurer.

— Je ne veux pas. Si je serre les jambes, ça devrait pouvoir le faire !

À peine ai-je fini ma phrase qu'une nouvelle douleur me bloque la respiration.

— Ça va le faire, dis-je les dents serrées.

— Voyons mademoiselle, je vais vous aider.

— Allez mon cœur, respire comme on nous a appris au cours d'accouchements, conseille Mathieu, en respirant comme un petit chien.

— Je ne veux pas ! En plus y'a pas idée de naître à Noël ! Si c'est un garçon, tout le monde va l'appeler Jésus ! dis-je brusquement en chopant Mathieu par le col de son pull.

Il rigole en me faisant lâcher prise.

— Non et puis vous rigolez, mais je vais pas accoucher, je veux faire caca ! Je vais aller aux toilettes, OK ? Ça ira mieux après.

— Ne vous levez pas !

Déjà la sage-femme, puisqu'il semblerait que finalement l'infirmière n'en est pas une, relève le drap qui me recouvre pour voir où en est le travail. Elle relève la tête et me sourit.

— C'est le moment !

— Quoi ? Non ! C'est trop tôt ! Je ne suis pas prête ! Mathieu, allez, je t'en prie ramène-moi. Je ne veux pas ! Pas tout de suite !

Des larmes me montent aux yeux alors que la panique me submerge et que la douleur s'intensifie. Je ne suis pas prête et le souvenir de mon précédent accouchement m'envahit. Et s'il naissait mort-né ? Non je ne veux pas, je ne pourrai pas ! Mathieu me regarde démuni et je vois dans son regard qu'il comprend à quoi je fais allusion. La sage-femme qui a pris le temps de lire mon dossier se relève et vient se mettre à côté de moi.

— Vous savez quoi ? Vous allez y arriver tous les deux et je vais vous aider.

— Je ne pourrai pas !

— Si ! Bien sûr que si. Regardez, là c'est le rythme cardiaque de votre bébé, tout va bien, mais il doit sortir et il a décidé de vous faire un beau cadeau et de venir vous rencontrer aujourd'hui ! Alors je vais m'installer, et tranquillement, on va l'accueillir !

Ses paroles sont douces et apaisantes et, sans me laisser le temps de répondre, elle retourne s'installer entre mes jambes. Mathieu m'entoure de ses bras et me regarde avec un amour infini alors qu'une nouvelle douleur vient me déchirer le ventre.

— On va y aller, à la prochaine vous allez pousser de toutes vos forces.

J'attends la contraction et me prépare à l'accueillir. Lorsqu'elle arrive, je pousse de toutes mes forces, les yeux plantés dans ceux de Mathieu qui me communique toute sa force rien que par le regard. La sage-femme m'encourage encore, mais je ne l'écoute plus. Perdue dans le regard de Mathieu, je nous enferme dans une bulle d'amour et je continue le travail sans me soucier de ce qui se passe autour de moi.

Soudain, je me sens délivrée et la sage-femme accueille le bébé avant de le poser rapidement sur mon ventre. Une vague d'émotion me submerge alors que le bébé pousse ses premiers cris. Je pose ma main sur son dos qui est tout moelleux et tout doux, je pleure de joie et cherche du regard Mathieu qui, derrière moi, pleure à chaudes larmes tout en caressant mes cheveux d'une main et le bébé de l'autre.

— Tu es la plus forte, mon cœur ! Je t'aime tellement ! dit-il en m'embrassant.

Il se déplace un peu et vient me rejoindre pour l'admirer de plus près. On s'émerveille devant ses petits yeux qui s'ouvrent et sa bouche qui cherche déjà le sein. La sage-femme revient vers nous et nous dit :

— Vous voulez connaître le sexe ?

– Le sexe ? dis-je, étonnée.

J'avoue que le fait de l'avoir appelé « le bébé » durant toute ma grossesse m'a complètement fait oublier qu'il serait fille ou garçon. Elle soulève le lange et nous dit :

— Félicitations ! Vous avez une magnifique petite fille ! Au moins, vous ne serez pas obligés de l'appeler Jésus !

À ces mots, nous explosons de rire ! Lorsque nous nous calmons, je regarde Mathieu et lui dis :

— J'aimerais qu'on l'appelle Marie. Après tout, elle a veillé sur nous depuis le début !

Pour toute réponse, il m'embrasse tendrement. Mon cœur s'envole de ravissement et à cet instant précis, je prends conscience de ce que signifie le mot bonheur.

Epilogue

– Tu as toutes les affaires ? demande Mathieu.

— Je crois oui !

Je regarde autour de moi, j'ai essayé de faire nos sacs avec le moins de choses possible, mais, avec un bébé de six mois, c'est pas évident. Marie nous regarde faire en gazouillant sur son transat. Je lui câline la joue avant de reprendre mon rangement.

Une fois que tout est prêt, nous montons en voiture et prenons la direction du lieu de notre randonnée. Les beaux jours sont là et Mathieu tient absolument à faire découvrir les joies de la randonnée à Marie, ce que je trouve stupide puisqu'elle ne marche pas et qu'elle va dormir tout le long, mais bon… Mathieu y tient, alors on y va.

Il a décidé de nous faire monter au refuge de notre montagne. Mon sac sur le dos, j'ai toutes les peines du monde à le suivre, pourtant il est chargé de son sac et du porte-bébé contenant Marie. Quel crâneur !

Je sue comme une bête, halète comme un phoque et avance de travers tellement je suis épuisée. Une vraie princesse ! Mathieu m'encourage tout en continuant d'avancer. Avec ses grandes jambes, il n'a aucune difficulté à marcher. Vers la fin de l'après-midi, nous arrivons enfin au gîte !

— Alléluia !

— Oh ! Pas tant que ça quand même ! Depuis le temps que tu la fais, tu devrais avoir l'habitude ! lance Mathieu en me regardant m'écrouler sur le dos.

— Je viens d'accoucher ! Je suis encore faible ! dis-je à bout de souffle.

— Il y a six mois ! Il y a prescription !

— Tu rigoles j'espère ! Les six mois c'est le pire !

— Mais oui ! Bon, et maintenant on fait quoi ? Tu te relèves ou je te fais rouler jusqu'à la chambre ?

Je le regarde en me posant la question. Il souffle et me laisse en plan emmenant sa fille à l'intérieur !

— Tu es impossible, Vic !

Je finis par le suivre en bougonnant :

— Oui, mais tu la portes, elle, et moi rien du tout !

— T'es pas sérieuse ?

Il me regarde en souriant alors que je me jette dans ses bras et les câline tous les deux. J'inspire les cheveux de ma poupée qui sentent trop bon et embrasse mon chéri tendrement.

Une fois installés, nous profitons de la vue magnifique qui s'offre à nous. Je suis toujours émerveillée de voir que les petites choses de la vie nous font un bien fou ! Marie, bébé idéal, a insufflé une réelle bouffée d'oxygène à nos vies.

Mathieu s'en occupe autant que moi et c'est un vrai papa poule. Je ne l'en aime que plus d'ailleurs !

*****

Après une nuit passée tous les trois blottis les uns contre les autres dans le même lit, nous remballons nos affaires. Prête à rentrer chez nous, je regarde Mathieu qui sort sans se charger de son sac.

— Tu crois que je suis ton sherpa ?

— Pardon ?

— Et bien, tu ne prends pas ton sac. Tu crois que je vais te le porter ?

— Non ! Je pense surtout qu'on n'a pas besoin de se charger pour monter aux neiges éternelles.

— T'es pas sérieux ?

— Oh, mais si !

Déjà, il commence à prendre la direction du versant de la montagne qui nous sépare des neiges éternelles. J'attrape notre sac pique-nique au vol et le suis au pas de course.

— Mais, ce n'est pas dangereux ? Je veux dire, si on glisse comme la première fois !

— Tout ira bien ! Et puis, ça serait dommage de ne pas monter après tout ce chemin.

La route se fait tranquillement et le soleil est au rendez-vous. Marie gazouille joyeusement dans son porte-bébé et ne semble pas perdre une miette de notre balade. Enfin, on arrive en haut.

Y'a pas à dire, ça vaut vraiment le détour ! Je ferme les yeux et inspire profondément l'air pur de la montagne. Instinctivement, je me dirige vers le rocher où l'an dernier nous avons caché le petit bracelet de Nino. Je me penche un peu pour mieux voir et me relève brusquement.

— Il est toujours là !

Mathieu me regarde en souriant et vient m'embrasser. Marie est entre nous deux et me touche les cheveux. Je lui embrasse la main tendrement. Je suis soulagée de savoir que le petit totem que nous avons fabriqué est toujours présent.

Soudain, Mathieu se baisse en touchant sa poitrine.

— Mathieu ! Ça va ? dis-je alarmée.

— Non ! Il manque une chose essentielle à mon bonheur ! Ça fait des mois que cela me travaille.

— Ah bon ? Tu n'es pas heureux ?

Je le regarde, peinée de savoir qu'il n'est pas en osmose avec nous. Il penche la tête quelques instants et la relève avec un sourire charmeur comme lui seul sait le faire ! Il se relève doucement en attrapant la main potelée de Marie et la tend vers moi.

— Vic, je t'aime plus que tout au monde ! Tu es mon rayon de soleil et mon bonheur au quotidien. Je ne peux pas imaginer ma vie sans toi ! Cependant, je ne peux plus vivre ainsi !

Je le regarde surprise, ne sachant sur quel pied danser.

— Je ne peux plus vivre avec une femme qui ne porte pas mon nom ! Il faut y remédier rapidement ! Je t'aime et je veux que tu deviennes ma femme ! Veux-tu m'épouser ?

Je suis sous le choc ! Dans la petite main de Marie apparaît une petite boîte rouge dans laquelle je découvre une jolie pierre bleu saphir qui brille de mille feux sous les rayons du soleil. Ma poupée me regarde de ses grands yeux verts, héritage de son papa, comme si elle attendait ma réponse.

— Oh oui ! Plus que tout au monde !

Il m'embrasse avec passion, mon cœur faisant un double saut périlleux dans ma poitrine. Puis il prend délicatement la bague et la passe lentement à mon doigt en me disant :

— Je n'imaginais pas te faire ma demande ailleurs qu'ici en présence de nos deux enfants !

Je laisse échapper une larme de bonheur devant tant d'amour et de sincérité. Au bout de quelques minutes de câlin à trois, il finit par me prendre dans ses bras et nous contemplons tous les trois la vallée que nous surplombons.

Soudain, Mathieu tend la main et me montre en contrebas un magnifique arc-en-ciel dont les couleurs vives illuminent le ciel.

Sans en dire plus, nous savons que ce cadeau magnifique est un signe que nous envoient Gwen et Nino pour nous dire qu'ils partagent notre bonheur !

FIN

Vous avez aimé votre lecture ?
Découvrez les autres romans des éditions So Romance disponibles en format papier et numérique.

Aux Délices d'Amsterdam
Tome 1 : Noël Sucré

Tess et Nolan n'étaient pas faits pour se rencontrer. Elle est une femme d'affaires, fragilisée par son ex, Tomás, qui l'a abandonnée à la veille de leur mariage. Il est confiseur, hanté par la mort de sa fiancée et de sa mère. Deux personnes aux passés tumultueux qui vont se croiser par hasard à Amsterdam à l'approche de Noël. Tout semble les opposer... Et pourtant, les artifices de Noël ne cessent de nous réserver des surprises ! Sauront-ils laisser leurs blessures de côté pour que la magie de Noël puisse opérer ?

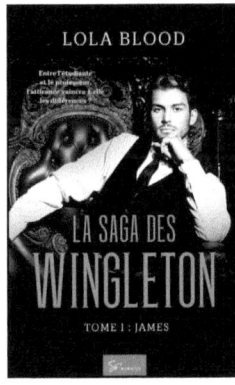

La Saga des Wingleton
Tome 1 : James

Nina, jeune étudiante de 20 ans, a une vie peu conventionnelle : étudiante le jour, gogo danseuse la nuit. Difficile de garder sa vie nocturne secrète… Et, comme si la situation n'était pas suffisamment compliquée, il fallait que son professeur, James Wingleton, soit cet être aussi intrigant que sexy... qui ne lui semble pas si indifférent. Arrivera-t-elle à résister à la tentation ? Saura-t-elle protéger ses secrets ? Pourra-t-elle combiner son travail de gogo danseuse avec une relation ?

Hate me! That's the game!
Tome 1 : Coup de froudre

Aileen n'en revient tout simplement pas : après avoir répondu à une annonce sous l'emprise d'une bière bon marché, elle va enfin réaliser son rêve… Rencontrer Evan, chanteur de Black Devils ! En bonne fan, elle est folle amoureuse de lui. Toutefois, arrivera-t-elle à charmer le jeune homme qui, en plus d'être beau, sexy et ténébreux, s'avère être fiancé ? Bien que les chances soient minces, Aileen est prête à tout ! Son secret : une bonne dose de provocation, un soupçon de folie, le tout saupoudré de rock'n roll !

Lia et Tay
Tome 1 : Laisse moi t'expliquer

Entre Lia et Tay, il a suffi d'une rencontre organisée par l'oncle Higgins pour que ça devienne une évidence... Une rencontre inespérée entre une fille solitaire et un garçon aux sentiments à fleur de peau, tous deux tourmentés par leur passé. Une rencontre parsemée de non-dits qui testent leur amour autant qu'ils le renforcent. Arriveront-ils à surmonter les obstacles qui se dressent sur leur route ? Sauront-ils mettre le passé de côté pour donner une chance à un futur à deux ?

Pour en savoir plus
www.soromance.com

© Éditions So Romance, 2020 pour la présente édition

Éditions So Romance
159 avenue de la Couronne
1050, Bruxelles

www.soromance.com
eISBN : 9782390450993

Maquette de couverture : Philippe Dieu
Photo : © Clarisse Meyer / Unsplash